Daniel Krauß   Jochen Stahl

Die Anderen

© 2020
Herstellung und Verlag: BoD – Books on Demand, Norderstedt
ISBN: 978-3-7519-5085-5

Prolog(2026)

Die Tür öffnete sich und er trat, mit entschlossenem Schritt, ein.

Sein schulterlanges dunkelblondes Haar, war ordentlich zu einem Zopf gebunden, seine meeresblauen Augen zeigten eine Tiefe, wie man sie nur bei jemanden erwarten würde der doppelt so alt war wie er und nicht erst 20.

An seinem noch recht jugendlichem Gesicht trat ein Ausdruck von Freude, gepaart mit einem Hauch von Nervosität. Dies war schließlich seine erste Unterrichtsstunde.

Er sah vor sich, im Raum verteilt etwa ein Dutzend 11 bis 13 jährige, die gespannt auf ihren Stühlen saßen und warteten. Doch worauf?

Krling, krling, krling.

Es ging los.

"Guten Morgen", sagte er, nahm ein Stück weiße Kreide, aus der Box auf seinem Tisch, in die rechte Hand und drehte sich um. An der großen, dunkelgrünen Tafel bildete er zwei Worte: Herr Wagener.

"Mein Name ist Herr Wagener."

Er drehte sich wieder zurück und versuchte irgendeine Reaktion, von seinen Schützlingen, zu beobachten...

...Nichts.

Kein Geflüster, Gestöhne, niemand verzog sein Gesicht. Sie warteten einfach nur, gespannt was wohl als nächstes käme.

Er fuhr fort:

"Ich heiße euch willkommen, mein Fach ist kreatives Erzählen und ich werde euch was erzählen. Geschichten. Fiktive Geschichten, voller Spannung, Action, Humor aber auch Trauer. Ich möchte, dass Ihr euch dies alles bildlich vorstellt und hineinbegebt in diese Welt.

Nur so könnt Ihr lernen. Ihr lernt worauf es im Leben ankommt. Lernt eure eigene Antriebsmotivation kennen, lernt warum Menschen Dinge tun, die für uns undenkbar scheinen. Ihr lernt Toleranz kennen. Wenn ihr euch hineinversetzt, könnt Ihr sogar die Emotionen und auch den Schmerz der Personen, über die ich berichte, nachempfinden. Und sobald Ihr die Botschaft, die dahinter steckt, begriffen habt, seid ihr einen Schritt näher euch dem Leben als Erwachsene zu stellen.

Natürlich wird dies nicht nach einer Stunde der Fall sein. Also seit immer und in allen Tagen aufnahmebereit. Ihr werdet es nicht bereuen."

Er sah wie seine Klasse, als wäre sie eine Person, die Augen aufmerksam aufriss und sich leicht nach vorne beugte um ihm besser lauschen zu können.
Er war beruhigt und fing den Unterricht an.
Er begann zu erzählen...

Der Anfang

Vor 80 Jahren

Japan

In einem kleinen abgelegenen Tal, fernab der Zivilisation, umgeben einzig und allein von in der Blüte stehenden Kirschbäumen, rauschten ganz sanft kleine Wasserfälle. Aus welchen glasklare Flüsse mündeten, in denen Seerosen wuchsen, deren Blätter die Wasseroberfläche zierten. Ein Chor aus quakenden Fröschen, sitzend auf Seerosenblättern, machte aus den Geräuschen der Natur eine wohlklingende Harmonie. Die Szenerie erschien einer Fabel gleich.
Nur etwas störte diese Harmonie:
Ein Klimpern.

Je näher er seinem Ziel kam, umso mehr entwickelte sich das leise Klimpern zu einem sich erhebenden Scheppern.

Der Hammer, aus feinstem Stahl gefertigt, formte das seltene Metall langsam zu etwas einzigartig Schönem.
Unermüdlich schlug er treffsicher sein Ziel und faltete mit jedem weiteren Male noch mehr Schichten aufeinander.

Ein uralt wirkender Mönch schmiedete diese legendäre Klinge, in den heiligen Flammen des ihm heimischen japanischen Shinto-Tempels, welcher zu ehren des Kriegsgottes, Yahata, errichtet wurde.

Als dieses Meisterwerk der Schmiedekunst, nach mühevollen, endlos wirkenden Jahren, vollendet war, betrachtete er seine Kreation und segnete sie mit den Worten: "Nur wer deiner Klinge würdig ist, vermag dich zu benennen und dein Kami zu entfesseln. Möge er, durch dich, seine Feinde mit dem Zorn Yahatas niederstrecken.".

Nun, fertig mit diesem prachtvollen Katana, ging er damit zu seinem Besucher, welcher sich von den Strapazen seiner langen Reise erholt hatte.

Anschließend übergab er diesem das Schwert.

Der Shogun, von Ehre erfüllt, versprach seinem ehemaligen Lehrer, diese Klinge zu verwahren und an seine Nachkommen weiterzugeben, auf dass jene immer darauf acht geben und es eines Tages dem LasZa übergeben werden.

Nach einigen Tagen der Einkehr und Besinnung machte sich der Samurai auf den langen und beschwerlichen Heimweg.

Los Angeles
USA

"Kuchen... Überall Kuchen... Wie in einer Konditorei. Große, kleine, schwere, leichte, süße, salzige. Obstkuchen, Käsekuchen, Bienenstich, Donauwelle, Schokokuchen. Sacher Torte, Buttercremetorte, Gugelhupf, Kuchen in all ihrer Pracht und Schönheit...aber bitte mit Sahne. hihihihi."

"Schaatz, warum machst du denn ganzen Tag nichts anderes außer Kuchen backen?" fragte er genervt.

"Na was soll ich denn sonst machen?! Bier mit einem Strohhalm trinken und auf der Couch vor mich hin siechen, so wie du?" erwiderte sie noch genervter.

"Jetzt tu mal nicht so, wir sind beide auf unsere Art behindert und müssen eben schauen wie wir klarkommen. Wie geht es unserer Tina?"

"Sie tritt gelegentlich und scheint den Geruch von frisch gebackenem Teig zu mögen, immer wenn ich backe spüre ich wie sie sich bewegt.

"Hoffentlich ist ihr ein besseres Leben vergönnt als uns beiden, Charlotte"

"Das hoffe ich auch mein lieber Jimmy, es sind nur noch wenige Wochen bis sie das Licht der Welt erblicken wird. Ich werde einen ganz besonderen Kuchen backen zu ihrer Geburt."

"Du weißt wir werden sie nicht großziehen können, wir werden sie in ein Waisenhaus bringen müssen oder zu einer Pflegefamilie."

"Niemand wird mir mein Kind stehlen! Du hast doch nicht mal Arme und Beine, was weißt du denn schon?!!" Sie schaute ihn behindert an.

Ich hab zwar keine Arme oder Beine aber immerhin kein Down-Syndrom.

"Was hat denn das damit zu tun?", fragte er.

"Blöde Diskussion, iss lieber den Kuchen mit dem ich dich fütter."

Andy, ihr Privatpfleger, betrat den Raum: "Na Ihr zwei? Streitet ihr schon wieder? Ah, schon wieder leckere Kuchen, darf Ich?" fragte er, sich langsam dem Kuchen nähernd.

"Natürlich mein Andylein, hier ein extra großes Stück für dich."

"Aber bitte mit Sahne."

"Du bekommst einen eigenen Sahneteller."

Er aß den Kuchen genüsslich und unterhielt sich ein wenig mit Charlotte und Jim.

"Wie ist es euch ergangen seit dem ich letzte Woche hier war? Darf ich noch ein Stück?"

"Aber natürlich, so viele wie du willst, Andylein. Ach, eigentlich ganz gut, ich habe einhundertdreißig Kuchen gebacken und Jim lag zwei Tage unter dem Bett weil er darunter gefallen war und ich hatte es nicht bemerkt. Und einen Kuchen habe ich gebacken der sah genauso aus wie Jim, in lebensgröße, deswegen hatte ich gedacht es ginge ihm gut. Es hatte mich gewundert, dass er nicht antwortet, aber manchmal ist er eben etwas still. Auch noch etwas Sahne auf deinen Teller?"

"Nur wenn es keine Umstände macht meine Liebe. Warum bin ich nochmal zu euch gekommen?"

"Kuchen?" fragte Jim zynisch

"Mhm, nein. Nicht nur. Oder? Oder doch? Ja, Kuchen."

"Aber bitte mit Sahne, Andylein."

Sechs bis acht verspeiste Kuchen später, ging Andy wieder um andere Klienten zu pflegen.

"Musste das sein Schatz? Nur weil er Arme und Beine hat? Bin ich dir nicht mehr gut genug? Der kommt doch nur wegen deiner blöden Kuchen her."

PLATSCH

Schon hatte Jim einen Kuchen im Gesicht.

"Ach, eigentlich eine Verschwendung des leckeren Kuchens, naja du hältst ja sonst nicht die Klappe du Behindi"

"Dito"

"Ich spiel kein Pokémon"

"Aber die Serie gefällt dir."

"Weißt du was mir noch gefallen würde?"

"Was denn, Schatz?"

"Wenn du wieder unters Bett rollst! Du gehst mir auf die nerven, lass mich in Ruhe backen!"

"Roll mich doch, wenn du dich traust!" erwiderte er herausfordernd

Sie tat wie ihr geheißen.

Ein weiteres Jahr später(1997)
Neapel
Italien

Dunkelheit.

Geborgene Stille?

Schwerelosigkeit, pures Wohlbefinden.

Bu-bumm. bu-bumm. bu-bumm.

....

"Aaaaaaahhhhhh!".

Erwachen.

Erschütterungen wie bei dem Beben eines ausbrechenden Vulkans.

Die Enge des Ganges erschuf ein ungewollt beklemmendes Gefühl, welches sich immer weiter verstärkte.

Ein Licht, Eiseskälte, ohrenbetäubender Lärm.

Das pure Wohlbefinden, wie aus einem anderen Leben, einfach weg.

Eine neue Flamme entfachte. Klein und schwach, erhellte es die Tristesse des Alltags.

Die Mutter, am Ende ihrer Kräfte, hielt das kleine ungeschützte, nackte und zerbrechliche Leben in ihrem Arm und die Schreie des Babys verstummten.

Nun, langsam stärker werdend ließ das Flämmchen einen Funken seines Potentials erkennen.

Verwirrt und voller neuer Eindrücke blickte dieses kleine Etwas durch den kalten, lauten Kreißsaal und sah schließlich zu seiner Mutter.

In diesem Moment schaute sie in diese reinen, unschuldigen Augen und ihr wurde plötzlich klar welches Risiko ihr Erbe einmal bedeuten wird.

Der Vater voller Nervosität, kurz vorm Erbrechen, zitternd und mit den Nerven am Ende betrat mit größter Vorsicht den Raum. Er wirkte fast so, als wolle er nichts zertreten oder mit seiner Anwesenheit gefährden und näherte sich bedacht seiner erschöpften, aber nun euphorisch erleichterten Frau. Sie hielt das kleine Wesen fest in ihren Armen und blickte mit strahlenden Augen zu ihrem Mann, nun wusste er wie irrational seine Angst wirklich gewesen war.

Er fragte, nun gefasst: "Was ist es?"

"Ein Baby." lautete die Antwort.

Beginn des Jahres 2015

Potsdam
Deutschland

"Vor meiner Geburt war ich ein großes Rätsel, bei verschiedenen Untersuchungen bemerkten die Ärzte sone Art Mutation, in meinem Kopf.
Wahrscheinlich hamse gedacht ich werd behindert oder so.
Pustekuchen.
Weitestgehend bin ich gesund, aber dazu später mehr.
Unmittelbar nach der Geburt entrissen sie mich meiner leiblichen Mutter. In der DDR war das halt so, wenn eine geistig behinderte Frau ein Kind gebärte und sich nich drum kümmern konnte, nahmen sies ihr weg.
Ich glaub, das hat Narben in meinem tiefsten Inneren hinterlassen.
Mein Vater? Eine gute Frage Kathy. Den hab ich nie kennengelernt.
Dafür aber meine ältere Schwester, zu der ich auch einen sehr guten Kontakt hab.
Wirklich traurig bin ich nich über meine Adoption, schließlich hab ich tolle Eltern bekommen und eine Klasse Familie.

Das Einzige was mich stört, ist die Epilepsie, die mir ganz schön zu schaffen macht.

Das ging schon in der Schule los, andauernd war ich der Idiot der hinfiel und wie ein Zitteraal herum wackelte.

Das machte es natürlich auch sehr schwer eine Frau zu finden die einen über alles liebt.

Und genau deswegen bin ich hier."

Kathy sah Stefan mit großen Augen an und fragte irritiert: "Ficken?"

In diesem, in dezent rotem Licht getauchten, Zimmer war ihr Körper einer Augenweide gleich.

Tief die parfümierte Luft einatmend erwiderte er: "Hä? Ah, ja klar, 1 Stunde wieder. Selber Preis wie immer?"

"10€ Rabatt Heute."

"Oh, super. Wann is eigentlich Svetlana wieder da?"

Kathy trat ganz behutsam an ihn heran und hauchte verführerisch in sein Ohr:

"Weniger denken."

Endlich zog er sich langsam Hose und Hemd aus, während sich Kathy ebenfalls in erotischen Bewegungen entblößte.

Sie tanzte wollüstig und versetzte Stefan damit in einen Sinnestaumel.

Er genoss den Anblick des sich, im aufreizenden Licht, räkelnden Körpers.

Sie windete sich, bebend vor Lust auf ihn zu.

Endlich an dem Ziel ihrer Begierde angekommen, fing Kathy an ihn zu streicheln und zu küssen. Nun rieb sie sich an ihm.

Die Temperatur stieg und etwas anderes auch.

Kathy nahm sich den Hut, der neben dem Bett lag und setzte ihn Stefan auf.

"Ich wissen, Hut gefällt."

"Er ist nicht das einzige was gefallen wird." Erwiderte er mit einem Augenzwinkern.

"Zeige mir!"

7.18 Д.Мл

Eine Woche später

"Warte auf mich!"
Stefan blieb stehen und als er sich umdrehte sah er seinen besten Freund, wie immer mit fettigen, schwarzen, langen Haaren, die seiner schmalen Statur eine gewisse Femininität verliehen, schnaufend hinter sich her rennen.
Hendrik, noch nicht damit fertig seine Schreibutensilien ein zu räumen, hastete um seinen besten Freund einzuholen.
"Du hättest dich doch nich so beeilen müssen."
"Äh, äh, äh ich, äh, wollte dich doch in die Kantine begleiten."
"Ich dachte wir treffen uns dort, schließlich brauchst du immer ewig um dein Zeug zu packen. Haste jetzt endlich deinen Doktor?"
"Ich denke schon, sieht gut aus. Prof. Leinski meint ich hätte gute Chancen."
"Das freut mich, will nämlich nich der einzige Doktor sein, der hier die ganzen Puffs abklappert."
"Ah apropos, warst du nich letztens in diesem neu eröffneten, in der, äh, Frühjahrsallee?"
"Jipp, spitzenklasse Service und große Auswahl. Kann ich nur empfehlen."

"Danke, werd ich mir nicht entgehen lassen. Sag mal, du hast doch in ein paar Tagen diesen Vortrag, oder?"

"Jo, über diese Gene welche neu, bei allen bisher getesteten Behinderten Menschen, entdeckt wurden. Laut ersten dazugehörigen Studien, besteht durch die Gene wohl eine ca. 70% Chance, dass eine Behinderung auftritt. Und das sowohl körperlich als auch geistig. Ich habe den Verdacht, dass meine Epilepsie von diesen Genen kommt."

"Und die restlichen 30%?"

"Genau das werden wir zwei morgen überprüfen."

In der Kantine angekommen, roch es nach dem typischen Angebot von ungewürztem Essen und enttäuschten Erwartungen. Sie schlangen das angebotene Mahl förmlich herunter.

"Ich muss dir noch unbedingt etwas erzählen. Etwas merkwürdiges."

"So merkwürdig wird es schon nich sein, Aber raus damit, was ist denn los?"

"Hoffentlich hältst du mich nicht für paranoid, aber ich glaube jemand verfolgt mich."

"Wer sollte dich verfolgen? Ist wahrscheinlich dein eigener Schatten."

"Ist der Platz hier noch frei."

Beide sahen den Neuankömmling erstaunt an. Ein großgewachsener, grauhaariger Mann, mitte zwanzig, dessen tiefschwarzer Mantel seine Körperform verschleierte.

"Noah, bist du das? Setz dich ruhig."

"Nein, ich bin ein Schatten meiner selbst."

"Wie meinst du das? Was machst du überhaupt hier?"

"So viele Fragen, im Fragenstellen warst du ja schon immer gut."

"Und du immer gut darin sie zu ignorieren."

Noah zeigte angewidert auf Hendrik, während er Stefan fragte:

"Was ist das denn für einer? Dein Lustknabe? Woher kennt ihr euch?"

"Red nicht so über Hendrik, wir kennen uns von der Uni und er ist ein geschätzter Kollege und Freund von mir. Wir forschen zusammen und ich halte bald einen Vortrag über unsere bedeutenden Erkenntnisse."

"Soll mich das jetzt beeindrucken? Du warst mir damals schon weit hinterher mit deinen Forschungen."

"Red dir das ruhig ein."

"Apropos, welche Forschungen und was für ein Vortrag?"

"Erwartest du jetzt ernsthaft, dass wir deine Fragen beantworten?"

"Ich sage euch wo ich herkomme und ihr sagt mir wonach ihr forscht. Ganz einfacher Deal."

"Hmm, du beantwortest erst meine Frage, ich traue deinen Deals nicht."

"Du Langweiler....wenns sein muss. In einem spontanen Anfall von Nostalgie, wollte ich mir einfach nur meine alte Uni anschauen."

"Du und Nostalgie?"

"Du kennst mich lange nicht so gut, wie du denkst, Wagner. Jetzt bist du dran."

"Ich beantworte dir deine Frage...wenn du dir den Vortrag anhörst."

Warschau
Polen

Igor Barisow, Sohn von Cho und Magdalena, bereitete sich hoch konzentriert auf seine Prüfung vor.

Igor, ein 1.65 m kleiner, muskulöser, einfach denkender junger Mann wurde schon von Kind an in die Kunst der Samurai eingeführt. Solange er sich erinnern kann, drehte sich alles in seinem Leben, darum, ein herausragender Samurai zu werden. Sein Vater verbrachte Igors Kindheit fast ausschließlich damit, ihn erbarmungslos zu trainieren, auch wenn er nicht immer anwesend war, da Cho gelegentlich Missionen von einem, für Igor unbekannten, Meister erledigte. Während Cho auf besagten Aufträgen war, gönnte sich Igor dennoch keine Pausen und trainierte unermüdlich weiter um vollendete Perfektion zu erreichen.

Der Tag seiner größten Herausforderung war gekommen?

In dem Dojo seines Vaters, welches im alten japanischen Stil erbaut und eingerichtet war, fand die Prüfung, um ein echter Samurai zu werden, statt.

Als Igor nervös den Dojo betrat musste er ehrfürchtig und überrascht feststellen, dass der Gegner seiner letzten Prüfung sein Mentor und der Mann zu dem Igor immer aufblickte war.

Sein Vorbild und Vater Cho Fak Yu.

Dieser blickte Igor erwartungsvoll an, fest davon überzeugt, dass sein Sohn der Prüfung gewachsen war, dennoch bedacht dass Igor keine Gnade erfahren würde. Cho`s Blick, ließ Igor erstarren, denn auch nach jahrelangem Training hatte er solch ein Feuer in den Augen seines Vaters nie zuvor gesehen. Daraufhin leitete sein Mentor den Kampf, ohne ein Wort zu sprechen, mit einem Schlag gegen den Gong, ein.

Igor brachte sich in Stellung und war gefasst auf einen ersten Angriff, doch Cho rührte sich nicht von der Stelle. Er starrte Igor lediglich an, wartend auf den ersten Zug seines Sohnes. Igor verstand und mit blitzschneller Reaktion zog er seine Klinge und schwang sie direkt auf Cho zu. Dieser kaum überrascht sowohl von der Hemmungslosigkeit als auch von der Schnelligkeit des Angriffs trat ein Schritt nach hinten, hob seine Klinge und wehrte den Angriff mühelos ab. Igor machte sofort einen Satz zurück und holte zum nächsten Schlag aus, doch Cho wehrte auch diesen Angriff mit seiner

Klinge ab und konterte mit einem gezielten Hieb, seiner linken Faust, in den Solar Plexus.

Zu Boden brechend, schien es Igor unmöglich zu atmen.

Direkt der nächste Angriff.

Cho verfehlte Igors Schwerthand nur minimal, da dieser, trotz Atemnot, mit letzter Kraft ausweichen konnte.

Nun hatte Igor erkannt mit welcher Macht und Stärke er es in dieser Prüfung zu tun bekam. Igor wusste nicht wie er diesen Gegner besiegen konnte.

Er ging in sich und erinnerte sich an die weisen Worte die ihm sein Vater einst beibrachte:

Weniger denken.

Fühle die Klinge in deinen Händen und beobachte genau die Bewegungen deines Gegners. Lass deinen Körper darauf reagieren und setze ihn mit einem gezielten Schlag außer Gefecht.

Igor spürte plötzlich eine unglaubliche Klarheit, ein überwältigendes Gefühl, welches sicher auch mit dem Sauerstoffmangel zusammenhing. Er sah in diesem Moment alles mit anderen Augen, kein Gedanke trügte seine Wahrnehmung.

Er fasste fest den Griff seines Schwertes, spannte jede Muskelfaser seines Körpers an und holte zum Angriff aus.

Cho parierte diesen Angriff und konterte, doch Igor wich dem Schlag aus und stieß direkt wieder zu. Erneut parierte Cho, doch Igor erwartete genau das und mit einer blitzschnellen Bewegung machte er einen Ausfallschritt zur Seite und stieß auf den, in dieser Sekunde, wehrlosen Gegner.

Er war sich sicher. Dieser Angriff würde den Kampf entscheiden.

Und das tat er auch.

Igor erfasste die Situation und sah, ganz entsetzt, Cho vor sich stehen. In der einen Hand sein Katana, in der anderen Hand Igors Schwert und augenblicklich spürte er den kalten Stahl an seinem Hals.

Er war wie versteinert.

Cho sah ihm direkt in die Augen und sprach mit beherrschter Stimme:

"Die Prüfung ist beendet. Verlasse den Dojo, erkenne deinen Fehler und wenn du soweit bist, suche mich auf und ich werde dir sagen ob du der Ehre des Samurai würdig bist."

Igor verließ erschüttert den Raum und begab sich auf einen nahegelegenen, kleinen Hügel umgeben von prächtigen Kirschbäumen, die in der Blüte standen. Während ihn die Blüten, getragen von einer sanften Brise, innerlich zur Ruhe brachten, meditierte er und ging in sich.

Es dauerte nicht lang, bis er sich erhob und sich auf den Weg zurück begab.

Er trat Cho gegenüber und sagte gefasst: "Mein Fehler war es, dich zu unterschätzen, Vater. Besiegt hätte ich dich nie, dennoch erwartete ich den Kampf zu gewinnen."

"Das ist richtig mein Sohn. Du bist nun würdig."

Als Igor die fein verzierte Scheide erblickte, trat er langsam näher.

Endlich in Reichweite, zog er das Schwert heraus und erblickte es voller Ehrgefühl. Schwungvolle Eingravierungen schmückten den Griff dieser Tod verheißenden Waffe. Sein Vater sagte: "Dies ist das Schwert LasZa's, es besitzt unermessliche Macht, doch nur der Erwählte vermag es zu führen. Nun da ich dir dieses Schwert vermache, so wie mein Vater vor mir, wird es deine Aufgabe sein es zu hüten und zu verwahren um es seinem rechtmäßigen Eigentümer zu überreichen."

"Vater, woran erkenne ich den LasZa, wie wird er sich mir offenbaren?"

"Du wirst ihn erkennen sobald die Zeit gekommen ist, mein Sohn.

Noch ein Rat von mir: Erliege niemals der Versuchung es zu Verwenden, denn es würde einen enorm hohen Tribut kosten."

"Danke Vater, Ich hoffe mich dieser Verantwortung als würdig zu erweisen und unsere Ahnen nicht zu entehren. Doch mit welchem Schwert soll ich dem Bushidō folgen?" fragte Igor. Cho erwiderte: "Du wirst dich aufmachen zu einem nahegelegenen Tempel, dort wirst du auf einen Schmied treffen, dieser wird dir ein Schwert übergeben. Es ist das Schwert deines Großvaters, ich habe es für dich aufarbeiten lassen, damit es seine volle Schärfe wiedererlangt. Du wirst ihm einen neuen Namen geben, damit wird es zu dem deinen.

Und vergiss nie, selbst wenn wir Samurais immer nach Perfektion streben, Perfektion ist unerreichbar."

Stuttgart
Deutschland

"Bei meiner Geburt war ich allen ein großes Rätsel.
Meine Mutter schrie vor Schreck als sie meinen,
von einer weißen Schicht umhüllten, Körper sah.
Die Ärzte waren ebenso erstaunt und versuchten
meine Mutter zu beruhigen. Doch es half nichts.
Sie starb von dem Schock, weil sie dachte ich wäre
tot geboren worden. Der Oberarzt kam in den
Raum und wollte mich auch für tot erklären, doch
in diesem Moment schien die Hülle von meinem
Körper aufgenommen zu werden. Es konnte sich
niemand erklären und nach unendlich vielen Tests
konnte nicht festgestellt werden was es damit auf
sich hatte. Vielleicht werde ich es ja irgendwann
herausfinden.
Wie auch immer.
Da war ich nun, ein kleiner Junge, im großen
Deutschland, kaum geboren und schon hatten sie
alle Angst vor mir.
Mein Vater kam erst später ins Krankenhaus, das
Erste was er erfuhr war, dass seine Frau gestorben
war, und ich einen unbekannten Virus überlebte.

Kaum vorstellbar, wie sehr er gelitten haben muss, doch dies sollte sich schnell zeigen.

Er nahm mich mit nach Hause und dort begann meine grausige Kindheit.

Warum grausig? Das ist eine sehr gute Frage, Kathy.

Er machte mich für den Tod meiner Mutter verantwortlich.

Er ließ mich isoliert in meinem Zimmer aufwachsen, getrieben von der Angst ich würde andere infizieren. Ich sei eine Gefahr für Andere, dachte er.

Ich brachte mir zwar alles Notwendige zum Überleben selber bei, dennoch sitze ich nun schmächtig, ungewaschen und hungrig hier auf der Fensterbank und blase Trübsal.

Kurzum, ich habe weder Freunde noch Bekannte und genau deshalb bist du hier, Kathy."

...

"Miau." entgegnete Kathy.

Kathy schaute Adrian mit großen Augen an, drehte sich dann weg und fing an sich zu putzen.

Auf diese Reaktion hin, griff Adrian trübsinnig nach der Kippenschachtel, nahm sich eine Zigarette, zündete sie an und wie üblich, war diese nach drei Zügen aufgeraucht. Er stopfte den

Stummel in einen der vielen Berge aus Zigaretten unter dem sich einst ein Aschenbecher befand.

Voller Schwermut, doch mit etwas Stolz, glitten seine ertrübenden, rehbraunen Augen, untermalt von gelbsuchtähnlichen Augäpfeln, über das Panorama.

Das Panorama seines selbst geschaffenen Zigarettengebirges.

Dämmerung.

Langsam schlurfte er zu seinem in Asche getauchtes Bett, um zu schlafen.

Doch vorher noch eine Gute-Nacht-Zigarette, oder vielleicht auch...

...zwei.

Wenige Sekunden später waren auch diese aufgeraucht.

Ach, aller guten Dinge sind drei.

Er zog die letzte Kippe aus der Schachtel.

Oh man, schon wieder zwei Stangen heute vernichtet. Egal, morgen, gleich als erstes, hol ich mir neue.

Kathy stolzierte erwartungsvoll heran und sprang elegant, mit einem Satz, auf das Bett.

Als sie landete, stieg eine gewaltige Aschewolke, vulkanartigen Ausmaßes, aus der Matratze empor.

Die Katze, dem Ersticken nahe, hustete um ihr

Leben und trat daraufhin, mit letzter Kraft, angewidert die Flucht an.

Er beobachtete, immer trübsinniger werdend, dieses, sich vor seinen Augen zutragende, Trauerspiel.

Jetzt ist auch noch meine einzige Freundin weg.

"Was solls, hab ja ab Morgen wieder Kippen."

Daraufhin schlief er ein.

Dämmerung.

Wie jeden Tag zuvor ging Adrian auch Heute zum Tabakhändler, im Erdgeschoss desselben Hauses.

"Guten Morgen Fritz, das Gleiche wie immer bitte."

Fritz legte ihm zwei Stangen Zigaretten auf die Theke und erwiderte:

"Das Gleiche wie immer bitte."

Adrian bezahlte wie üblich 80 Euro, abzüglich des Stammkundenrabatts und nahm seine Stangen.

Kläng!

Die Tür öffnete sich und ein kleinwüchsiger, rothaariger Mann mit penibel gestutztem Bart und teurem Anzug trat ein.

"Ich suche Schneewittchen!"

Schweigen.

Zirpende Grillen waren zu hören.

"Scheeerz, mein Name ist Seppel.

Wehe Sie lachen!" Drohte er.

Der Warnung zum Trotz, lachte Fritz sichtlich erheitert.

Peng!

Adrian sah erschrocken wie Fritz, mit einem Einschussloch im Kopf, zu Boden sackte.

Er sah zu Seppel der mit, noch gezogener Schusswaffe und eiskaltem Killerblick dastand.

"Ich habe ihm gesagt er soll nicht lachen.

Wollen sie etwa auch noch lachen, hm?" fragte er jähzornig.

"Na, Trauen sie sich?!" ließ er nicht nach.

"Na los, lachen Sie!" forderte er ihn in seinem Wahn heraus.

Adrian, unfähig etwas zu sagen, schüttelte entsetzt den Kopf.

"Glück gehabt." Sein Wahn ließ nach.

"W-w-was wollen sie?" fragte Adrian ängstlich.

"Sie."

Leicht irritiert fragte er nun:

"Wen? Schneewittchen?"

Seppel zielte mit seiner Waffe auf Adrians Kopf und fragte:

"Wollen Sie mich verarschen, Bürschchen?

Wollen Sie etwa so enden wie der wertlose Haufen gammeligen Fleischs hinter der Theke? "

"Ähm sorry, ne danke."

"Nochmal für Dumme:
SIE. KOMMEN. JETZT. MIT. PUNKT."
"Ok." willigte er, mit zitternder Stimme, ein.
Als Adrian in den großen Van einstieg, erblickte er sechs weitere Kleinwüchsige und konnte sich nicht verkneifen zu fragen: "Ihr seid nicht zufällig Bergleute, oder?"
Fünf Glock-Pistolen richteten sich auf Adrian.
"Ich werte das als nein. Sorry."
Seppel sprach in das Funkgerät: "Schneewittchen ist im Sarg. Sind unterwegs. Over."
"Roger. Over." kam die verzerrte Antwort aus dem Funkgerät.

Angekommen, in einem verlassenen Graphitbergwerk, nahe der schwäbischen Alb, hielt der Van und fast alle stiegen aus.
"Durchzählen!"
Die Kleinen riefen nacheinander:
"Eins!"
"Zwei!"
"Drei!"
"Vier!"
"Fünf!"
"Sechs!"
Stille.
"Weckt mal einer Sleepy!"

Einer der größeren der merkwürdigen Gruppe, ging zu dem schlafenden Zwerg und schlug ihm kräftig auf den Kopf, wovon dieser abrupt erwachte.

Als schließlich alle vollzählig waren, gingen sie, mit Adrian in der Mitte, tiefer in den Berg hinein.

Die sieben Zwerge sangen im Einklang: "Hei ho, Hei ho, wir sind vergnügt und froh..."

Hätten die mich doch erschossen, total klischeehaft.

Einige Minuten und mit einem nicht zu vergessenen Ohrwurm im Gedächtnis, trat Adrian in einen separierten Höhlenabschnitt. Ihm gegenüber saß, an einem protzigen Tisch, ein glatzköpfiger, stämmiger Mann mittleren Alters.

Als er, zum sprechen, den Mund öffnete, blitzten seine Goldzähne auf:

"Herr Lenz, ich hoffe Sie haben gut hergefunden und die Gesellschaft meiner Agenten genossen. Ich weiß sie können desweilen etwas...

...irritierend auf Außenstehende wirken, aber ich versichere Ihnen, sie machen einen hervorragenden Job. Haben sie schonmal Zwergenweitwurf ausprobiert? Ich bin sicher es wird bald olympische Disziplin." Er grinste breit.

Adrian, sehr irritiert, fragte: "Sorry aber wer sind Sie und was wollen Sie?"

"Och, ich habe mich nicht vorgestellt, wie unhöflich von mir. Man nennt mich den Ping Kin und Ich habe eine Perspektive für Sie. Sie könnten eine Menge Geld verdienen und lernen wie Sie Ihre Fähigkeiten für etwas Großes einsetzen."
"Was meinen sie damit? Haben Sie ne Kippe?"
Er warf Adrian eine Zigarre zu und sagte: "Sprechen wir in Ruhe bei einer Zigarre darüber."

36

Los Angeles
USA

Tina erwachte in ihrem Bett und ein lieblicher Duft von gebackenem Teig stieg wohlig in ihre kleine Stupsnase. Sie öffnete ihre maigrünen Augen, streckte sich genüsslich, sah auf ihren Wecker und dachte sich:
Ach nur noch 5 Minuten.
Der Wecker lärmte nun und ihr wurde klar, dass ihre Zeit abgelaufen war.
Nachdem sie hastig aufstand und sich eilig ihre Klamotten vom Vortag anzog hastete sie voller Vorfreude hinab in die Küche und erblickte eine erlesene Auswahl an Muffins, Plundern, Minitörtchen und Kuchen.
"Das sieht aber toll aus Mami, hast du die alle für mich gebacken?"
Fragte sie euphorisch.
Tinas Mutter sah sie liebend aber dennoch streng an:
"Die habe ich nicht gebacken, du weißt doch backen liegt mir nicht, seit dem Plätzchen-Dilemma ist mir das klar. Ich habe sie bestellt bei der tollen Konditorei in der Stadt. Du

darfst alle probieren mein Engel, pass aber auf, dass du nicht zu viel isst, denk an deine Gesundheit und lass Vati noch etwas übrig wenn er nachher von der Arbeit nach Hause kommt."

"Aber natürlich Mami, ich weis ich muss auf meinen Blutzucker achten aber Vati mag doch eh nicht so viel Süßes."

"Außer dich, mein Engel." sagte sie und zwinkerte Tina zu.

Nachdem ihre Mutter zur Arbeit gegangen war und Tina alles probiert hatte, stellte sie entsetzt fest, dass nichts mehr übrig war.

"Ohje, Vati wird traurig sein, wenn er nach Hause kommt. Was mach ich denn jetzt nur? Ich wünschte ich könnte einfach einen Neuen backen."

Sie grübelte und grübelte. Sie ging in die Küche und dachte an nichts anderes als an Kuchen. Plötzlich bemerkte sie, wie bei dem Gedanken, ihre Hände anfingen zu kribbeln, sie schaute auf ihre Handflächen und bemerkte etwas, dass ihr vorher nie aufgefallen war. Es waren winzige Poren und je mehr sie sich auf Kuchen konzentrierte desto mehr kribbelte es und umso mehr öffneten sich diese.

Sie steigerte sich soweit in das Gefühl hinein, als plötzlich etwas aus den Poren trat.

Sie erschrak, doch es tat nicht weh. Es war sogar ein sehr angenehm warmes Gefühl. Es sah aus wie Teig, sie spürte eine Verbindung zu diesem Gebilde.

Verbindung zu Teig?

Zögerlich entfernte sie ein kleines Stück von dieser Masse und legte es sich auf die Zunge.

"Bah, das schmeckt wie roher Teig"

Sie war so überfordert mit den Geschehnissen, dass ihr schwarz vor Augen wurde.

Als sie wieder zu sich kam bemerkte sie, dass der kleine Teigling immer noch da war und unkontrolliert durch die Küche rollte, als ob er etwas suchen würde.

Er rollte auf sie zu und stoppte vor ihren Füßen, als würde er nun auf eine Reaktion von ihr warten.

Sie spürte wieder diese Verbindung, nur diesmal intensiver als zuvor.

Sie dachte daran den Teigling auf den Tisch zu legen, doch kaum beugte sie sich diesem entgegen rollte er auch schon die Küchenzeile hinauf und blieb ruhig auf dem Tisch liegen.

Kann Ich dich etwa steuern?

Sie dachte daran den Teigling an die Decke zu werfen und wieder bewegte dieser sich autonom an der Wand hoch auf genau den Punkt, den sich Tina vorgestellt hatte.

Das ist unmöglich.

Gefasst von ihrer Erkenntnis steuerte sie den Teigling zurück zu sich und legte ihre Hand vorsichtig darauf. Diese fing an stark zu kribbeln und Stück für Stück zog der Teigling in Tina ein. Sie überfiel ein merkwürdiger dennoch wohliger Schauer.

Ich kann Teig erschaffen und wieder in mich aufnehmen. Wie kann das sein?

Sehr irritiert fing Tina an zu versuchen mehrere Teiglinge zu erschaffen und wieder aufzunehmen. Bis es endlich klappte dauerte es eine Weile doch sie bekam schnell den Bogen raus. Sie stellte fest, dass sie unterschiedliche Formen erschaffen konnte, es waren ihr scheinbar keine Grenzen gesetzt.

Was mache ich denn jetzt damit? Das alles fing an weil ich Kuchen wollte.

Sie betrachtete den Teigling und konzentrierte sich auf ihren Lieblingskuchen, Schokokuchen, doch es passierte nichts. Irgendetwas schien zu fehlen.

Aber was? Brauche ich noch etwas? Ah, vielleicht ne Zutat?

Sie wusste, dass für einen Schokokuchen lediglich die Schokolade fehlte, also ging sie zum Vorratsschrank, nahm das Kakaopulver und träufelte es über den Teigling.

Nichts geschah.

Sie träufelte mehr darüber.

Nichts geschah.

Ich verstehe das nicht, eigentlich müsste es sich doch verbinden wenn ich es mir vorstelle.

Sie grübelte und sah währenddessen auf ihre Handflächen.

Muss ich vielleicht das Pulver auf meine Hände reiben?

Sie nahm etwas Kakaopulver und rieb es zwischen ihren Händen, dieses zog sofort in ihre Haut ein und ließ sie, wie inzwischen gewohnt, dieses warme Gefühl spüren.

Sie nahm den Teigling in ihre Hände und knetete diesen kräftig durch und siehe da, er veränderte sich.

Aber sehr wenig.

Also knetete sie stärker und stärker. Mit jedem Knetvorgang wurde der Teig zu dem was sie sich vorgestellt hatte.

Also muss ich dafür sorgen, dass sich der Teigling mit der Zutat verbindet, ich kann es nicht direkt erschaffen. Schade.

Neapel
Italien

In einem alleinstehendem Haus am Fuße des Vesuvs, hastete eines der beiden Kinder völlig Planlos hin und her.

...Fehlt noch was? Hmm, wo ist das Zelt? **"Daniele, hast du schon wieder mein scheiß Zelt geklaut? Du weißt genau, dass ich das jetzt brauch. Beweg deinen Arsch und brings her!"** rief Micky genervt über den Hausflur.

Daniele saß, wie jeden Vormittag an seiner Spielekonsole und scherte sich nicht um anderer Leute Angelegenheiten. Auch nicht um die seiner eigenen Familie.

Genervt von seinem älteren Geschwisterchen und ohne zu wissen wo sich das Zelt befand erwiderte er nur:

"Fick dich! Hol's dir selbst!"

Völlig gleichgültig über die Unfreundlichkeit von Daniele, schnappte sich Micky das Zelt, welches nun doch nicht geklaut sondern nur übersehen war und packte es in den bis zum Rand gefüllten Koffer.

*Hab ich jetzt alles? Hmm, nur noch der Kompass. Wo
wo wo? Ah da!*
Nur mit viel Mühe und dem Einsatz des gesamten
Körpergewichts, Micky setzte sich auf ihn, ließ sich
der Koffer schließen.
*Ok, ein scheiß Ding, brauch nen neuen Koffer, der is
viel zu klein. Naja, ging ja nochmal alles rein.
Dann kanns ja jetzt bald losgehen.*

Los Angeles
USA

Ding-Dong!

Tina ging zur Tür und öffnete sie, während der letzte Teigling in ihrer Hand verschwand.

Louie, Tinas Vater, stand im Türrahmen

"Hallo, mein Engel." Er gab ihr einen Kuss auf die Stirn.

Dann sah er sich erschrocken um.

"Wie siehts denn hier aus?!" rief Louie mit weit aufgerissenen Augen.

Tina hatte nicht bemerkt, dass ihre Testversuche mit den Teiglingen eine Verwüstung, die Ihresgleichen sucht, in der gesamten Wohnung angerichtet hatte.

"Tschuldige Vatili." Tina schaute ihn, wie üblich, mit ihrem typisch unschuldverheißenden Blick an.

"Ach weißt du was, ich frag am besten gar nicht wie das passiert ist. Beseitige dieses Chaos einfach."

"Oki Vatili."

Gerade als sie sich zum Gehen wandte, erblickte Tina hinter ihrem Vater, einen wie sie fand, sehr gut aussehenden, dunkelhäutigen Mann, mit auffälligem Zwirbelbart. Dieser war bestimmt nicht älter als 30. Der Anzug umschmeichelte seine schlanke Gestalt und unterstrich seine aquamarinblauen Augen. Sie glaubte einen Hauch Make-up, in seinem einzigartig markanten Antlitz zu erkennen. Er wusste sich, augenscheinlich, zu pflegen und duftete dezent nach Rosmarin.

Der Unbekannte trat vor, griff ihre zarte Hand, beugte sich elegant nach vorn und hauchte einen sanften Kuss auf ihre weiche Haut.

Er raunte ihr sinnlich zu, während er sie mit einem verführerischen Blick bewunderte. Er fing an mit starkem französischen Akzent zu sprechen, wodurch auch einige Konsonanten verloren gingen.

"Bonjour mademoiselle, ich abe eine so schöne Blume, c'est magnifique, in dieser rauen Großstadtgegend gar nicht erwartet. "

Tina, nun mit intensiv geröteten Wangen, sah ihn ganz verzückt und verlegen an.

Diese völlig unerwartet neue Situation ließ ihr Herz so heftig pochen, dass es drohte aus ihrer Brust zu brechen.

Der Vater blickte kritisch drein und sagte: "Das ist ein guter Freund von mir den ich damals in Frankreich kennengelernt habe, Jaques Pierre."

"Sehr erfreut ihre Bekanntschaft zu machen, mein Name ist Tina."

"Ein bezaubernder Name für die bezauberndste fleur die ich je gesehen abe."

"Danke." antwortete sie mit geschmeichelter Überraschung.

"Es gibt nichts zu danken, eure Schönheit ist mir Dank genug."

"Ach hören sie doch auf mir so zu schmeicheln Monsieur Pierre. Übrigens Vati, es gibt leckeren Schokokuchen für dich. Ich habe ihn selbst gebacken." Sie lächelte verlegen.

"Vielen Dank, Prinzesschen, stellst du mir und Jaques bitte ein Stück hin?"

"Oki Vati."

Sie stellte ein einziges Stück Kuchen zwischen die beiden, die inzwischen gegenüber voneinander am Esstisch saßen.

"Prinzessin, bekommen wir nicht jeder ein eigenes Stück?"

"Oh, natürlich." Sie ging zum Teller, halbierte das Stück Kuchen und verteilte die Hälften.

"So jetzt hat jeder ein Stück vom Kuchen."

Der Vater schlug sich die Hand vor das Gesicht und schwieg voller Scham.

Jaques hingegen erfreute sich an dieser jugendlichen Unbedarftheit und lachte herzhaft.

"Ihr seid so erfrischend Mademoiselle, das abe ich in diesem kalten USA vermisst."

"Sie sind sehr charmant Monsieur Pierre, was führt Sie in die USA." fragte Tina interessiert.

"Ah, ich mache ier Urlaub bevor ich aus geschäftlichen Gründen nach Deutschland weiterreisen werde. Louie unterstützt mich indem er mich ier für ein paar Tage quartieren lässt und ich bin sehr froh darüber, da ich so dieses wunderschöne Geschöpf, damit meine ich euch, in meiner Nähe wissen darf."

Tina widmete sich dem Chaos während Jaques und Tinas Vater sich weiter unterhielten.

Nach etwa einer halben Stunde, war die ganze Unordnung beseitigt und die zwei Männer hatten ihr Gespräch beendet. Louie rief: "Prinzesschen, kommst du mal zu mir bitte, wir müssen etwas besprechen."

"Was denn, Vatili?"

"Also folgendes, Jaques ist Koch und er fand den Kuchen von dir sehr lecker. Er hat mir, beziehungsweise dir, ein verlockendes Angebot gemacht. Er wird bald in Deutschland ein Restaurant eröffnen und sucht jemanden für seine Patisserie. Er hat zwar noch einen anderen Bewerber, aber er sagt du hast sehr gute Chancen."

"Aber ich bin doch gar keine Bäckerin."

"Er sagt, das wäre ihm weniger wichtig, solang du noch mehr solcher köstlicher Kuchen und Ähnliches backst und so wunderhübsch bleibst."

"Ich werde darüber nachdenken Vatili, aber ich bin nervös wenn ich darüber nachdenke soweit von Zuhause wegzugehen."

"Du bist meine Prinzessin, ich werde dich beschützen und für dich da sein, egal wann du mich brauchst, aber nutze diese Chance. Mir wurde damals eine ähnliche Chance angeboten, aber ich habe sie leider ausgeschlagen. Also entscheide dich für das, was dich glücklich macht und schaffe dir eine erfüllende Zukunft."

Potsdam
Deutschland

Beide trafen sich in ihrem Kellerlabor, in der Hirschberg-Universität, um Stefans Verdacht zu überprüfen. Hendriks Neugierde veranlasste ihn dazu, bei Stefans Selbstexperiment, zu assistieren. Beide warfen sich in ihre Laborkittel, Stefan legte seinen Hut beiseite, was seine kurzen dunkelbraunen Haare, mit leichtem Graustich, offen legte. Sie untersuchten zunächst ihre eigenen genetischen Merkmale.

Währenddessen stellten beide fest, dass sowohl Stefan als auch Hendrik, diese mysteriösen Gene in sich tragen.

Aufgrund dieser Erkenntnis sahen sich beide in die Augen.

Stefan begann den Dialog:

"Bist du Behindert?"

"Nein. Du?"

"Nein. Wenn du nicht behindert bist, warum hast du diese Gene dann und was verursachen sie bei dir?"

"Nix?"

"Nix kann aber eigentlich nich sein."

Diese Provokation verärgerte Hendrik ein wenig:

"Verdammt, willst du damit sagen ich wär behindert ohne es zu merken?!"

"Neeeeeeeeeein." antwortete Stefan mit deutlich, sarkastischem Unterton.

Niedergeschlagen erwiderte sein bester Freund:

"Du könntest ja recht haben, aber ich bin echt nicht neugierig darauf, herauszufinden wie behindert ich dann tatsächlich wäre."

"Viel schlimmer als jetzt kann es ja nicht mehr werden." sagte Stefan, während er Hendrik mit einem breiten Grinsen ansah.

"Ach halt doch die Klappe. Bevor ich noch erfahre, dass ich nen totalen Schuss hab, verschwinde ich und lass dich das alleine machen."

"Bist du dir sicher? Ich habe dich nicht verscheuchen wollen, nur ein paar Späße."

"Ich nehme dir das nicht übel, mir ist es nur ehrlich gesagt lieber, nicht danach zu forschen was mit mir nicht stimmen könnte und dafür in seliger Unwissenheit weiter zu leben."

"Ok, schade. Dann machst gut!"

"Tschau."

Als Hendrik fort war, probierte Stefan weiter herum. Er nahm weitere Proben seiner Haut, seines Blutes, Speichels und der Haare, welche er anschließend mit den vorhandenen Proben der Behinderten und Hendriks verglich.

Bei den ersten Versuchen, konnte er keine Unterschiede erkennen.

Doch dann.

Huch, was ist das denn? Was seid ihr denn für Basen? Wieso finde ich dich nicht bei den anderen Proben?

Mit diesem Gedanken, überkam Stefan eine regelrechte Erleuchtung.

Nicht die Gene sind der Ursprung, sondern diese ungewöhnlichen Basen sorgen dafür, dass diese Gene überhaupt erst entstehen können.

Nach weiteren Versuchen, konnte Stefan eindeutig nachweisen, dass aufgrund der merkwürdigen Basen, sich der Aufbau der kompletten DNS veränderte. Und daraus resultierend, unzählige Mutationen möglich waren.

Stefan verglich weiter und seine DNS blieb die einzige mit zwei neuen Basen.

Wissen-
schaft

Er betrat das riesige Auditorium und bereitete seine Präsentation vor. Während er nun das Publikum überblickte, viel ihm sein ehemaliger Kommilitone, der ihn emotionslos anstarrte, auf.

Ein Gedanke aus den Schatten:
Verdammte Menschen, ich kann ihre Anwesenheit einfach nicht ertragen, schon gar nicht einen ganzen Saal von ihnen. Ich will sie alle zusammenpferchen und ausmerzen.
Nur ist das leider nicht mein Auftrag.

Er begann den Vortrag.
"Schönen Guten Tag und herzlich willkommen, mein Name ist Dr. Stefan Wagner. Ich bin Wissenschaftler und eigentlich in anderen Themengebieten heimisch. Deswegen ist es eher unüblich, dass ich über solch ein Thema referiere, dennoch habe ich entscheidende Erkenntnisse gewonnen. Mehrere Studien und Forschungsgruppen haben, aufgrund dessen, dass in einer Stadt eine signifikant erhöhte Rate an Behinderten verzeichnet wurde, in diversen Experimenten und Tests herausgefunden, wodurch Behinderungen entstehen.
Und ich spreche hier nicht über Behinderungen die durch Unfälle oder Komplikationen bei z.B. der

Geburt oder von Operationsfehlern hervorgerufen werden können. Ich spreche von genetisch bedingten Behinderungen. Genauer gesagt spreche ich von dem Ursprung dieser Behinderungen."

Stefan machte eine kurze dramaturgische Pause.

"Diesen Ursprung habe ich erfolgreich identifiziert."

Der Saal reagierte hörbar überrascht über diese Aussage. Stefan bemerkte, dass sich selbst in Noahs Gesicht eine leichte Regung zeigte.

"Es zeigte sich schnell bei allen Proben die ich untersucht habe, dass ein Bestandteil von entscheidender Bedeutung ist. Und zwar eine Base. Eine neue Base in der DNS der Betroffenen."

Verwirrte Blicke durchzogen den Saal.

Ein Hörer hob vorsichtig die Hand.

"Ja bitte, Sie dort hinten in der vorletzten Reihe, fragen sie nur."

"Wollen sie uns damit etwa sagen, dass unser bisheriges Verständnis von Biologie und Genetik nicht vollständig ist?"

"Das wäre die Schlussfolgerung. Aber inwieweit die Auswirkungen die Biologie und Genetik betreffen, sollten Sie dennoch Biologen und Genetiker fragen."

Sich nicht anmerken lassend, dass er nicht die ganze Wahrheit veröffentlichte, fuhr er fort:

"Diese Base, das Phydunin, hat keinen bestimmten Platz in der DNS, sondern kann sich universell an jedes Basenpaar andocken und bildet damit ein Basentriplett.

Dies führt dazu, dass neue Gene entstehen, die je nach Anordnung zu einer Behinderung führen können, was häufig der Fall ist.

Für genauere Erkenntnisse muss noch intensivere Forschung betrieben werden. Wenn wir dies alles verstanden haben, ist es uns vielleicht möglich solchen Behinderung vorzubeugen oder sie vielleicht sogar zu heilen. Möglicherweise entschlüsseln wir sogar das Rätsel ewiger Gesundheit."

Mit seinen mandelbraunen Augen schweifte er durch den Saal und erkannte an ihren Gesichtern, dass die Zuhörer entweder erschrocken und entsetzt oder verblüfft und interessiert waren.

Er fuhr fort, als die Stimmung einer erschreckenden Stille gleich wurde:

"Außerdem glaube ich, dass die Träger des Phydunin, die nicht behindert sind, anderweitig beeinflusst..."

Ein Knabe, nicht älter als 16 erhob sich und fuhr Stefan ins Wort: "Hallo, ähm, entschuldigung, mein

Name ist Jenz Erwin. Was heißt anderweitig beeinflusst?"

"Würden Sie mich ausreden lassen, hätten Sie sich wertvolle Atemluft erspart.

Wie genau diese Beeinflussung sich auf den Menschen auswirkt, kann ich nicht mit Sicherheit sagen, nur dass es bei jedem Menschen individuell ist und dass eine Vererbung möglich sein kann."

Erneut sprang Jenz auf: "Reden wir hier von Superkräften?"

"Ich glaube da würden wir uns zu weit aus dem Fenster lehnen. Aber wer weiß?"

Voller Eifer und Ungeduld ergriff Jenz erneut das Wort: "Sollten, dann die Forschungen nicht weiter betrieben werden und wer wird dann über diese Helden beri-"

"STOP! Ja, die Forschungen sollten weiter betrieben werden. Aber ob wir hier von Superkräften sprechen können ist nicht gesagt.

Ich verstehe, dass dieses Thema sehr neugierig macht, dennoch sollten keine voreiligen Schlüsse gezogen werden, denn dies ist bisher nur eine Theorie, von mir.

Ich danke Ihnen allen für Ihre Aufmerksamkeit und wünsche noch einen angenehmen Tag, hier an unserer schönen Universität.

Falls noch fragen auftreten sollten, ich bin noch den ganzen Tag im Gebäude.
Vielen Dank."
Beim Verlassen des Saals, spürte er wie es in seinen Nervenbahnen kribbelte.

Aus den Schatten heraus, mit der Gewissheit nicht entdeckt zu werden, beobachtete Noah sein Ziel.
"... hat mir sehr gut gefallen. Schreibst du das vorher auf, oder fällt es dir einfach so ein?"
"Das bleibt mein Geheimnis, aber danke für das Kompliment, Ich referiere zwar selten, aber wenn dann leg Ich mich richtig ins Zeug."
"Das hat man durchaus bemerkt, du könntest bloß etwas netter zu deinen Zuhörern sein...du hast den Knirps mächtig gezügelt, seine Neugier schien dennoch unstillbar."
Stefan sah unvermittelt über den Flur.
"Oh nein, wenn man vom Teufel spricht, sieh mal da."
Er zeigte Hendrik den hinter sich befindlichen Jenz.
"Ich kümmer mich drum."

Mit vor Begeisterung leuchtenden Augen stürmte er, begierig noch mehr zu erfahren, auf die beiden zu.

Hendrik huschte kurz bevor Jenz, seinen besten Freund erreichte, zwischen die Beiden, legte geschwind seinen linken Arm kumpelhaft um die Schulter des Knaben und führte ihn von Stefan fort.

"Bevor du beginnst meinen Freund mit deinen Fragen zu löchern, lass mich dir sagen du nervst gewaltig."

"Ihr seid schwul?"

"Ist nerven dein Talent?"

"Ich hab noch nie ein schwules Pärchen gesehen, wie is das so?"

"Am besten wäre, wenn du jetzt gehst, Kleiner."

"Jenz. Nicht Kleiner."

"Von mir aus. Verschwinde Jenz und lass die Erwachsenen ihre Arbeit machen. Bitte."

"Ich will euch doch nur was fragen."

"Und wir haben leider keine Zeit, diese zu beantworten, also zum letzten Mal. Bitte geh weg. Schreib uns ne Email."

"Ihr seid doch blöd! Und das werde ich!"

"Wir werden sehnsüchtig darauf warten." Hendrik grinste Jenz breit an, dieser schien den Sarkasmus zu verstehen und schlurfte, sichtlich betrübt, zum Ausgang.

Hendrik dachte an die Zeit zurück, als er noch so jung war, nicht, dass 24 alt wäre, aber es war eine seiner bisher schönsten Zeiten.

Ping Kin Mine
Deutschland

"Was bist du denn für einer?!" fragte der Übungsleiter.

"Ähh...ähh...sorry, der Neue...der Ping Kin hat mich geschickt um meine Fähigkeiten zu testen. Er kommt gleich."

"WAS?! Der Chef kommt her?" *Scheiße! Hoffentlich hat er nicht gemerkt, dass ich ihm ne Schachtel Zigarren geklaut hab.*

"Ja er kommt und er ist schlecht gelaunt weil irgendjemand ihm Zigarren geklaut hat."

Scheiße! Scheiße! Scheiße! Er wird mich foltern bis ich tot bin. Scheiße!

"Hätt' mich auch gewundert wenn er singend durch die Höhlen tanzen würde." Sagte ein Scherge. "Das gabs einmal als wir eine Lieferung Hanfzigarren bekommen hatten. Das Ergebnis waren vier tote Schergen und ein eingestürzter Minenschacht. Man erzählt sich, wenn man ganz nah zu der Einsturzstelle geht, kann man ihn hören. "

"Wen?" fragte Adrian gebannt."

"Den achten Kleinwüchsigen, sein Name war Rumpel. Es heißt, er würde noch immer um sein

Feuer tanzen und so singen wie einst der Ping Kin."

"Das klingt gruselig, aber eigentlich bin ich hier zum trainieren und nicht für Schauergeschichten."

Der Ping Kin betrat den Trainingsschacht und nahm den Geruch seiner Zigarrenmarke wahr, ein penetrantes Duftgemisch aus Pfeffer und Humus, mit einer Note Schaf. Er versuchte den Ursprung des Geruchs wahrzunehmen und näherte sich immer mehr dem Übungsleiter. Dieser wurde, mit jedem Schritt den er auf ihn zumachte, nervöser. Aus Angst ertappt zu werden riss er sich zusammen. Er drängte seine Angst und seine Nervosität hinter den verschleiernden Mantel aus Ruhe und Gelassenheit. Doch als der Ping Kin direkt vor ihm stand und ihm direkt in die Augen sah, sank er auf die Knie und winselte um Gnade. Der Ping Kin umfasste den Kopf seines Gegenübers mit einer Hand und zerquetschte ihn, mühelos.

"Wir brauchen einen neuen Übungsleiter!"

Er zeigte mit seinen, durch Ringe geschmückten, Wurstfingern auf einen Schergen.

"Glückwunsch, du wurdest gerade befördert."

Das Training begann damit, dass Adrian gegen einen Schergen, mit dem IQ einer Fliege, kämpfen musste. Ihm war aber nicht klar wie er sich zur

Wehr setzen konnte und steckte mächtig Prügel ein. Der Scherge drosch mit einem urzeitlichen Knüppel immer wieder auf ihn ein und grunzte dabei wie ein Wildschwein.

Als er zu Boden fiel und die Panik in Adrians Kopf unaufhaltsam stieg, spürte er plötzlich eine Kraft aus dem tiefsten Inneren seines Selbst emporsteigen.

Der nächste Schlag prallte auf eine schwarze, nicht zu durchdringende Masse und der Knüppel zerbrach.

Adrian, nicht ganz so erstaunt wie alle anderen, richtete sich wieder auf und schlug mit aller Kraft auf den Schergen ein, der mit einem schwer demolierten Gesicht, k.o. zu Boden fiel.

Der Ping Kin, mit einem breiten Grinsen im Gesicht, lief auf Adrian zu und forderte sofort Proben von der seltsamen Beschichtung, die Adrian umgab, an.

"Deine Fähigkeit ist außergewöhnlich, mit dir werden wir zufriedenstellende Erfolge erzielen. Schafft ihn zu seinem Bett, er muss sich ausruhen, wir haben viel zu tun."

Adrian, erschöpft vom Kampf und den Strapazen seines hiesigen Aufenthalts, wurde zu einem winzigen Abschnitt, direkt neben der Hauptgrotte des Ping Kins, geführt. Er erblickte nichts weiter als eine verseuchte Matratze und ein Laken, zusammen geklebt aus den verschwitzen und vollgebluteten Hemden toter Schergen.

"Dort soll ich schlafen?"

"Du kannst auch auf dem Boden schlafen und langsam erfrieren...deine Entscheidung."

Die Nacht war grausig, geplagt von Alpträumen, Kriechtieren und dem Gestank von brennenden Schafen in der Nase. Das Grunzen der Schergen, die sich gemeinsam besauften und gegenseitig verprügelten nur um sich zu beweisen wie stark sie waren, machte es schwer zur Ruhe zu kommen. Letztlich reichte es für ein paar Minuten erzwungenen Schlaf.

Dieser wurde auch noch davon unterbrochen, dass der Ping Kin, genüsslich in Adrians Gesicht spuckte und brüllte: "Aufstehen du Pfanne, das Ergebnis ist da!"

"Was? Wie bitte? Pfanne?"

"Schau es dir einfach selbst an."

Im Laborschacht angekommen, erblickte Adrian am Ende des Schachts mehrere Tanks mit regungslosen Körpern in einer transparenten Flüssigkeit. Die Körper waren mit Atemmasken versehen, was darauf schließen ließ, dass sie lebten. Zusätzlich dazu, führten diverse Schläuche in alle Körperöffnungen der Subjekte.

Adrian war entsetzt von diesem Anblick, aber verdrängte es aus reinem Selbstschutz. Die mangelhafte Ausleuchtung des gesamten Laborkomplexes, machte es sehr schwer vorstellbar, dass dort produktiv geforscht werden konnte.

Ein Mann, gekleidet in einem einstmals weißen, nun aber fast schon urinfarbenen Kittel mit grünem Mundschutz und schon mehrfach getragenen Gummihandschuhen, führte die beiden zu dem hintersten Bereich des Schachtes, in dem ein kleiner vergammelter Labortisch notdürftig aufgebaut war.

Adrian, mittlerweile an den Ekel des Umfelds gewöhnt, betrachtete interessiert die Proben seiner Legierung.

Diese lagen verteilt auf dem Tisch, mehrere Reagenzgläser waren zerbrochen, dennoch machte sich niemand die Mühe die Scherben zu beseitigen, wie sich auch sonst niemand um irgendwas tatsächlich kümmerte.

Der Laborant verbeugte sich demütigst vor dem Ping Kin und nickte Adrian zu.

"Die Ergebnisse waren eindeutig, es handelt sich um Polytetrafluorethylen."

"Um was??"

"Polytetrafluorethylen."

"Und was ist das?"

"Eine sehr gute Frage, bei Polytetrafluorethylen handelt es sich um ein vollfluoriertes Polymer das zu der Art der Thermoplasten gehört."

Auf Adrians verwirrten Blick, fügte er hinzu: "Oder für Blöde, sehr stabiler Kunststoff" Er fachsimpelte weiter:

"Zusätzlich ist es angereichert mit einer Kohle-Graphit-Verbindung, daher auch die schwarze Farbe, da es in seiner natürlichen Form milchig weiß ist.

Es findet Verwendung unter anderem für die Aufbewahrung von z.B. Uran, dass für Atombomben gebraucht wird.

Und natürlich die weitaus gefährlichere Verwendung als Beschichtung...

...

füüüür...

...Pfannen und Töpfe!". Er grinste Adrian amüsiert an.

www.DieAnderen.au

1. Eintrag:

Hallo Leute,
das ist mein erster Eintrag in diesem wunderschönen Blog und erstmal was zu mir:
Ich heiße Jenz Erwin, bin aus Canberra, 16 Jahre alt und interessiere mich für Menschen mit außergewöhnlichen Fähigkeiten.
Mein Traum ist es, diese Menschen zu finden und über sie zu berichten.
Vor eineinhalb Tagen war ich an einer Uni und konnte einen schwulen Wissenschaftler über diese Thematik referieren hören.
Es war sehr interessant, nur dieser arrogante Heini war sehr unfreundlich.
Lg Jenz

2. Eintrag:

Hallo,

Ich habe fast sichere Informationen erhalten, dass es eine Frau in Neapel, liegt glaub ich in Italien, gibt, die besonders sein soll.
Ich bin gespannt ob die irgendwelche coolen Kräfte hat oder sowas.
Ich werde für euch recherchieren und sobald ich genug Infos gesammelt hab (dauert nich lang), werde ich mich auf den Weg machen und der Sache auf den Grund gehen.
Natürlich berichte ich euch anschließend von meinem kleinen Ausflug.

Lg Jenz

Ausloggen ← Klick

Neapel
Italien

In Neapel angekommen, beobachtete Jenz, mehrere Tage lang, das Haus der Familie Frascino am Fuße des Vesuvs. Er entschloss sich, mehr über die Familie seiner Zielperson in Erfahrung zu bringen. Da bot es sich an, dass eines der zwei Kinder, offensichtlich zum campen aufbrach.

Jenz erblickte diese zierliche, wenn auch körperlich fit erscheinende Person, die Richtung Norden lief.

Ihr Anblick erregte und machte ihn ganz nervös. Da er noch nie eine Freundin hatte, verwirrte es ihn ein wenig.

Dennoch, in einem kurzen Moment der pubertären Erkenntnis, entschied er sich...

...Pfeif auf die Mutter! Ich muss mehr über diese wunderhübsche Tochter erfahren.

Vielleicht ist sie single.

Boah! Vielleicht hat sie ja auch Fähigkeiten? Jackpot!

Wo hab ich denn..? Ah hier.

Voller Eifer sprühte er eine ganze 50ml-Flasche Atemerfrischer in seinen Mund, der höllisch brannte.

10 Kilometer später

Vollkommen aus der Puste, schweißgebadet, orientierungslos und am Ende seiner Kräfte, aufgrund seines beinahe lächerlichen Konditionsmangels, merkte Jenz - *Scheiße* - er hatte sich verirrt.

Er sah sich um, drehte sich, nach Orientierung suchend, im Kreis und erblickte nichts als Bäume.

Große Bäume, kleine Bäume, alte Bäume, junge Bäume, dicke Bäume, dünne Bäume überall Bäume, Bäume, Bäume.

Neeiiiin, wo bin ich hier gelandet?

Sein, dem Nervenzusammenbruch naher, Verstand ließ ihn verrückt werden. Überfordert, wusste er nichts zu tun, außer zu kreischen.

In der Zwischenzeit, manövrierte sich Micky zielsicher durch das Unterholz.

Auf einmal hörte Micky, ganz leise, verzweifelte Hilfeschreie, konnte aber noch nicht genau bestimmen woher.

Da ist scheinbar ein kleines Mädchen in Not, ich muss irgendwie versuchen zu helfen, aber wie und wo?!

Nach einer kurzen, aber anstrengenden Phase der Konzentration, wusste Micky aus welcher Richtung der Hilferuf kam.

Aus Norden.

Aber woher die Erkenntnis, dass es Norden war, ohne Kompass?

Der Hilferuf dieses kleinen, fast verdursteten, Häufchen Elend, kaum mehr in der Lage sich zu bewegen, wirkte nur noch wie ein leises Krächzen.

Es schreckte auf als es hinter sich ein Knistern, im Unterholz hörte.

Durch die Hilfe seiner letzten Kraftreserven, drehte es sich langsam zu den immer näher kommenden Geräuschen um.

Mit ebenholzfarbenen Fell und voller neugierigem Hunger, streifte es durch das Dickicht auf sein Opfer zu.

Als das riesige Ungetüm seine Beute erspähte, lief der Speichel in Strömen aus seinem, weit zu einem Brüllen geöffnetem, Maul. "**Arrghh**"

Jenz erblickte das Ungetüm, mit schwach geöffneten Augen und machte sich bereit gefressen zu werden.

Dunkelheit.

Ich bin fast da. Ich spüre es.

Micky wurde schneller und rannte weiter, mit der Befürchtung, dass dem Opfer nicht mehr viel Zeit bliebe.

Hinter einem großen Baum erblickte Micky den regungslosen Körper eines Jungen, daneben ein riesiges tollwütiges Wesen, welches mit absolut Nichts in Mickys Vorstellungskraft vergleichbar war. Der erste, aus reiner Angst entstandene, Gedanke der Micky dabei in den Sinn kam war: *Lauf und lass die Pussy sterben.*

Der darauffolgende Gedanke jedoch, dirigierte Mickys Handlung tatsächlich.

Ich kann nicht einfach fliehen. Ich muss helfen. Hab Mut Micky, hab Mut.

Micky sah zu dem Ungetüm und bemerkte, dass dessen Bein in einer gewaltigen Bärenfalle feststeckte. Dies stärkte Mickys Entschlossenheit erheblich.

Als Jenz, für einen kurzen Moment erwachte, spürte er wie er von jemandem weg getragen wurde und dann dämmerte er wieder weg.

Langsam und mühevoll öffnete er seine Augen und erblickte eine über ihn gebeugte Gestalt.

Diese Gestalt hatte nussbraune, tiefe Augen, pech schwarzes Haar, welches zu einer modernen Kurzhaarfrisur geschnitten war. Eine Stupsnase zierte das recht feminin wirkende Gesicht. Er sah noch etwas: blitzend weiße Zähne, die ein erleichtertes Lächeln preisgaben.

"Ah du bist wach und kein Mädchen, du hattest Glück." sagte Micky.

"Also bin ich nicht tot? ...**Mädchen?!**" erwiderte Jenz entsetzt.

"Hätt' nich mehr viel gefehlt. Ja, ich äh...dachte...wegen dem Gekreische..naja..." stammelte Micky verlegen und versuchte ein Lachen zu unterdrücken.

Nachdem sie sich noch einige Zeit unterhielten, schien es fast der Beginn einer Freundschaft zu werden. Micky brachte den armen Jenz zu sich nach Hause und ließ ihn nun endlich in Sicherheit, wo er sich in Ruhe erholen konnte.

Merkwürdig...woher wusste ich die Himmelsrichtung?

Hatte ich den Kompass dabei? Nein, sicher nicht.

Micky, verwundert über die möglicherweise eigenen Fähigkeiten, versuchte den Zustand der vollen Konzentration wieder zu erreichen und fokussierte sich, wie neulich, auf Jenz.

Irgendwas fühlt sich komisch an, dieses Feld, sind das Wellen?

Viola, Mickys Mutter, lief vorbei und genau in diesem Moment, fuhr Micky ein Schauer über den Rücken.

"Stop!", rief Micky plötzlich.

Als sie stehen blieb, sprach Micky weiter:

"Wir müssen reden!"

Nachdem ihr erstgeborenes Kind Viola alles erzählte, hielt sie kurz inne um zu überlegen und holte aus ihrem Geheimversteck ein Kuvert mit einem Wappen, welches einen zweiköpfigen Hirsch auf einem Berg darstellte. Sie öffnete ihn und holte die Mitschrift eines Vortrages hervor, den ein junger Doktor der Hirschberg Universität vor einigen Tagen, über eine neue Entdeckung, hielt.

"Ich wusste nicht wie und wann du deine Fähigkeit bekommst aber ich wusste, dass es soweit kommen würde. Nachdem was du mir erzählt hast, kann ich dir sagen, dass ich dir meine Fähigkeit vererbt habe, was bei Blutsverwandten wohl häufiger der Fall ist.

Du bist in der Lage, das Magnetfeld der Erde zu erspüren und kannst die Himmelsrichtung bestimmen."

"Also bin ich nur ein besserer Kompass?" fragte Micky entmutigt.

"Ja mein Kind." antwortete sie trocken.

"Aber du kannst außerdem, mit viel Konzentration, die Richtung, in der sich außergewöhnliche Personen befinden, bestimmen." ergänzte sie noch.

"Wie außergewöhnlich?"

"Menschen wie du und ich, die besondere Fähigkeiten haben und auch die Menschen die mit Mutationen geboren wurden."

"W-Was für Fähigkeiten und was für Mutationen?"

"Es gibt unzählige Fähigkeiten und Storpio."

"Storpio?...Ahhhhh so wie Daniele!"

Viola warf Micky einen finsteren Blick zu.

"Kein Kommentar."

"Gibt es noch irgendwas, was du mir dazu sagen kannst?"

"Nein, aber ich kann dir helfen deine Kräfte zu kontrollieren und zu schärfen. Am besten fangen wir gleich morgen an, jetzt muss ich zu deinem Vater."

Erleichtert Micky endlich aufgeklärt zu haben, lief Viola trällernd über den Flur, in Richtung ihres Mannes: "**Frederico** trallla la lallala la la lallala."

Jenz war inzwischen genesen und bekam von Viola alle Informationen die er für seinen Blog gesucht hatte. Jetzt wollte er einfach nur noch nach Australien zurück, schwor sich aber dennoch seinen Traum nicht aufzugeben.

www.DieAnderen.au

3. Eintrag

Hallo,

ich kam, ich sah, wurde fast gefressen und siegte. Scheeeerz!
Ich habe die Frau ausfindig machen können, ihr Name ist Viola und sie hatte einiges zu erzählen.
Sie spürt das Magnetfeld der Erde und andere Menschen mit Fähigkeiten, auf meine Nachfrage hin, lehnte sie leider ab, mich bei meinen Recherchen zu unterstützen. Sie sagte auch ich solle mich in Zukunft nicht in ihre Familienangelegenheiten einmischen. Ihren Wunsch werde ich natürlich entsprechen.
Für die Zukunft werde ich mit meinen Nachforschungen weitermachen und euch auf dem Laufenden halten.

Lg Jenz

Ausloggen ← Klick

Nach tagelangen und unermüdlichen Konzentrationsübungen hatte Micky die Kräfte scheinbar unter Kontrolle. Während des intensiven Trainings spürte Micky eine Art Leuchtfeuer im Magnetfeld, so wie ein Wegweiser, der alles und jeden anzieht. Die Kraft die von diesem Wegweiser ausging war weit größer als alles andere wovon Viola berichtet hatte. Auch stärker als all das was Micky bisher beim Training fühlte.

Was ist diese enorme Kraft? Ich muss dahin, ich muss es herausfinden.

Auch aller Warnungen Violas zum trotz, beschloss Micky Richtung Norden aufzubrechen, zu was auch immer dieses Leuchtfeuer sein mochte.

Wie gewöhnlich planlos hin und her rennend, versuchte Micky wieder einmal einen Koffer zu packen.

Hab ich alles? Kompass? Oh, brauch ich ja nich mehr. Wo ist mein Tablet?

"Daniele, hast du schon wieder mein Tablet geklaut?! Schwing dein Arsch und brings gefälligst her!"

"Hol's dir selbst du Blindfisch! Wird langsam Zeit, dass du endlich verschwindest!"

Micky holte das aufgemotzte Smartphone aus der riesigen Hosentasche, aktivierte die Ortungs-App um auf Nummer sicher zu gehen, dass Daniele das Tablet wirklich bei sich hatte.

Der Mistkerl hat es tatsächlich bei sich.

Nachdem Micky das Tablet wieder in der Gewalt hatte, wurde es nun Zeit aufzubrechen.

Gedacht, getan.

Auf gen Tiber.

2 Tage später

Puh, Pause. Oh verdammt, kein Trinken mehr.

Akku? Ah, noch 51%. Ok, mal gucken ob ich nich irgendwo Zivilisation finde.

Wo war nochmal die App? Ah, da isse.

Kaum startete die App, fand Micky auch schon einen nahegelegenen Wlan-Hotspot.

Ungesichert.

Währenddessen...

Licht.

Ein Leuchten in der Dunkelheit. Er öffnete seine Augen und war, just in diesem Moment, geblendet.

Erinnerungen kamen ihm in den Sinn. Erinnerungen von piepsenden Geräten, von riesigen Nadeln, Schläuchen, in weiß gekleidete Männer, mit Mundschützern und grünen Hauben.

Ihm wurde bewusst wo er war, aber wie kam er hierher?

Er lag rücklings auf einer Liege, sie war hart und unbequem. Plötzlich überkam ihn ein Gefühl der Beklommenheit und der nötigende Drang zu fliehen, aber er konnte sich nicht bewegen, egal wie sehr er es auch versuchte.

Denn seine Glieder waren taub, ohne Gefühl, aber noch da.

Langsam gewöhnte er sich an das blendende Licht und die Umgebung wurde schärfer, klarer.

Seine grünen, tief eingesunkenen Augen wurden starr vor Angst, als er einen dieser weiß gekleideten Männer über sich ragen sah.

Und dann glitten sie wieder zu.

Dunkelheit.

"Wie konnte das passieren? Wie konnte er aufwachen? Ich verlange eine Erklärung."
"I-i-ich habe gedacht da..."
"...Weniger denken! Sie unfähiges Stück Scheiße."
"Aber es ist ja nix passiert, er is doch wieder ruhiggestellt."
"Nix passiert? Sie elender Schwachkopf. Wer weiß, was er alles mitbekommen hat. Noch so ein Fehler und Sie sind raus, haben Sie das verstanden?"
"J-j-jawohl, wird nicht wieder vorkommen."
"Das hoffe ich für Sie."

Der Hotspot kam immer näher und näher.
Und nun wusste Micky auch woher das freie Wlan kam. Ein kleines aber qualitativ hochwertig wirkendes Café, mitten in der Pampa.
Es kümmerte Micky nicht wieso es sich ausgerechnet hier befand.
Kurz vor dem verdursten, gleich einem Beduinen in der Wüste, öffnete Micky die Tür.
Kaum eingetreten, ertönte eine vor Wut brausende Frauenstimme:
"Alfredo! Die Kaffeemaschine ist schon wieder leer, bring mir neue Filter und zwar pronto!"

Alfredo, ein kleiner dicker Mann im mittleren Alter, mit einer großen weißen Fleischerschürze bekleidet, tat wie ihm geheißen.

Seine Frau, nicht minder dick, sah ihn gelangweilt an, bis plötzlich die Glocke bimmelte und signalisierte, dass gerade jemand eingetreten war. Alfredos Frau sah sich zur Tür um und erblickte eine halb verdurstete, mit Dreck beschmutzte, zierliche Person.

"Guck mal Alfredo, das Mädchen sieht ganz schön mitgenommen aus."

"Mädchen? Das isn Kerl, putz mal deine Brille."

"Kerl?! Du hast einen Knick in der Optik, das ist eindeutig eine junge Frau. Beachte nur diese schlanke und zerbrechliche Gestalt, die kleinen Füße. Schuhgröße 38 würd ich tippen."

Micky sah zum Tresen und erspähte dahinter zwei recht witzig anzuschauende Personen, die sich offensichtlich über irgendetwas uneinig waren.

Das Café war wie zu erwarten recht klein, mit etwa ein halbes Dutzend Tischen, die allesamt leer waren. Die Bar, an der hinteren Seite des Kaffees, reichte von der einen Seite des Raumes bis weit in die Mitte. Direkt dahinter sah man eine Tür die offensichtlich zu einer recht kleinen Küche führte.

Micky nahm an einem der Tische Platz und setzte sich so das der Rücken zur Wand gedreht war und Micky in den Raum sehen konnte.

Nach etwa zehn Minuten, kam die kleine dicke Frau auf den nun besetzten Tisch zu.

Ihr langes strähniges Haar klebte an ihrem Kopf als wäre es angemalt.

Sie trat mit einem sichtlich aufgesetzten Lächeln an Micky heran.

"Guten Tag, was darfs sein?"

"Aehm, einen Cappuccino bitte und zwei Bier zum mitnehmen."

"Kommt sofort.". Sie drehte sich und auf dem Weg zur Theke rief sie noch: **"Alfredo, einen Cappuccino, aber schleunigst und hol unserem Gast zwei Bullen Bier."**

Breit grinsend kam sie bei Alfredo an "Ich hatte Recht, kein Kerl bestellt sich einen Cappuccino."

Im selben Gebäude

"Ich halt den Typen nicht mehr aus. Der meckert an allem was ich mache rum, nur weil Patient X versehentlich aufgewacht ist. Warum hat der hier eigentlich das Sagen?"

"Weil er die meiste Ahnung hat, füge dich einfach und halt die Füsse still. Das Experiment ist bald vorbei und wir können die nächste Phase beginnen."

Der eine Laborant sah seinen Kollegen entnervt an. Anschließend gingen beide aus dem Laborraum.

Sie vergaßen es.

Hmm, lecker. "Frau Wirtin? wo is denn hier die Toilette?"

"Da gleich links die Treppe hoch und dann die zweite Tür."

Micky machte sich, mit der Merkfähigkeit eines handysüchtigen Teenagers, auf den Weg zum WC.

Hier hoch, ähm, wo is denn meine Tür?

Was hatte die Frau nochmal gesagt?

Ah dort, Nummer drei.

Wie gut, dass mich mein Gedächtnis noch nie im Stich gelassen hat.

Micky öffnete die, fälschlicherweise als WC identifizierte, unbeschriftete Tür und trat in einen langen, schier endlos scheinenden Gang.

Als sollte das Micky nicht zum Umkehren bewegen...

...bewegte es Micky nicht zum Umkehren. Soviel zur Aufmerksamkeit.

Noch mehr Türen! Man is das verwirrend und GPS nützt mir hier auch nix.

Micky, voller Zweifel den richtigen Weg zu gehen und doch neugierig auf das, was sich hier befinden mochte, probierte alle Türen in diesem Gang aus.

Verschlossen.

Verschlossen.

Verschlossen.

Verschlossen.

Wer hätte das gedacht...

...Verschlossen.

Na endlich, eine offene Tür, das wird sicher das WC sein.

Kaum betrat Micky den Raum, da ging auch schon das Licht an und schon war es eindeutig, es konnte sich nicht um das WC handeln.

Oder doch? Mickys Verwirrung nahm komplett neue Ausmaße an.

Das wird wohl der Wellness-Bereich sein und da liegt ja noch einer, der is sicher eingeschlafen.

Der Mann lag starr auf einer Liege, um ihn herum waren piepsende Geräte und eine Infusionseinheit, die eine magentafarbene Flüssigkeit in sein Blut pumpte.

Micky trat langsam an den Mann heran und sah obwohl die Augen geschlossen waren, das ihn, in seinem Inneren, plagende Leid.

"Alfredo, das Mädchen ist schon ganz schön lange auf dem Klo, schau mal nach, nicht dass sie aus dem Fenster getürmt ist um die Zeche zu prellen!"
Alfredo sah seine Frau ungläubig an und sagte:
"Du glaubst doch nicht im Ernst, dass ich aufs Frauenklo gehe, nur damit dein Arsch immer fetter wird. Geh selber gucken, ist schließlich dein Café."

Zur selben Zeit...

"Hey, wach auf!" beschwörte Micky ihn.
Diese drei Worte klangen wie ein fernes Hauchen, doch wurden sie lauter.
Er öffnete die Augen, da er wissen wollte warum plötzlich alles so wackelte und bemerkte, dass eine Person an ihm rüttelte.
Keine von den vertrauten Weißkitteln, nein.
Eine schlanke Person, mit kurzen und leicht verdreckten schwarzen Haaren.
Er konnte noch nicht erkennen, ob es sich um einen Mann oder eine Frau handelte.

"Waas, wer bist du?" kaum mehr als ein leises Stöhnen, klangen seine Worte wie gehaucht. Doch offensichtlich wurden sie verstanden.

"Ich bin Micky, ich habe mich verlaufen und bin auf dich gestoßen. Was is das hier?"

"I-ich heiße Ri-Riccardo und da-as is ein Labor und die machen irge..was mit mir. Ab-aber i-ich sa-e di, ich bin n-nicht freiwillig hier. Ka-anst du mich b-befreien?"

"Du musst nur aufstehen."

"I-ich, argh, kann mich nich bewegen."

Micky sah die Infusionseinheit an und zog das eine Ende aus Riccardos Vene heraus.

Blut spritzte auf die Liege, bis der Strom, aus seinem Arm, versiegte.

"Alfredo, die is wirklich nich da und das Fenster ist von Innen verschlossen!"

"Vielleicht ist sie wirklich ein Mann und auf dem andren Klo, guck da mal nach!"

"Hab ich doch auch schon gemacht du Klotz, da is es genauso, ich ruf mal lieber im Labor an!"

"Tu was du nicht lassen kannst, aber lass mich in Ruhe, ich mach jetzt Pause!"

Schritte, schnelle Schritte.

"Ich glaub wir müssen uns beeilen, kannst du schon gehen?"

Riccardo, der auf der Liege saß, bewegte langsam und mühevoll seine Beine. "Ich glaub es könnte gehen."

Bäm!

Micky durchzuckte die Erkenntnis wie ein Blitzschlag.

Plötzlich wusste Micky, wofür dieses Labor gedacht war.

Die Schritte wurden lauter.

"Behindert siehst du mir nicht aus, also falls du etwas kannst, jetzt wär die Gelegenheit es einzusetzen."

"Was meinst du?" fragte Riccardo verwirrt.

"Wir müssen hier irgendwie raus. Kennst du einen Weg?"

"Nur die Tür durch die du gekommen bist und..." Er hielt inne.

"...das Fenster."

Schnaufend rannten die Laboranten den Gang entlang

"Puh... der Kerl bringt mich um, wenn wir den Eindringling nicht finden. Der hat mich eh auf dem Kieker."

"Laber nich rum, nimm die Spritze mit dem Narkotikum und renn weiter, wir sind gleich da."

Beide sahen aus dem Fenster des Labors, welches sich glücklicherweise auf der ersten Etage befand.

"Hey Micky...falls wir das überleben, schulde ich dir was...halt dich an mir fest!"

Und sie sprangen.

Die Laboranten erreichten ihren Arbeitsbereich und kamen gerade noch rechtzeitig um zu sehen wie Patient X mit jemand Unbekanntem aus dem Fenster sprang und...

...weg flog.

Fast schwerelos, flogen sie durch die Luft und landeten schließlich auf einer Lichtung, ca. einen Kilometer von dem Labor-Café entfernt.

Riccardo sah ganz überrascht zu Micky: "Was war das? Was haben die mit mir gemacht?"

"Glück für uns, die haben dir irgendeine Flüssigkeit zugeführt und damit wohl Kräfte verpasst. Ich habe gespürt als deine Kräfte erwachten."

"Aber wie ist das möglich? Was heißt du hast es gespürt?"

Micky klärte ihn auf, über alles was Viola erzählt hatte....

...."Danke nochmal für deine Rettung, ich weiß gar nicht mal mehr wie lange ich in deren Gewalt war. Ich weiß nur, dass ich nirgendwo hin kann. Ich bin ganz auf mich allein gestellt."

Micky winkte ab, "Ach, kein Problem und du musst nicht allein sein. Ich bin auf einer Reise, einer Suche, warum kommst du nicht einfach mit?"

"Einer Suche? Wonach?"

"Nach einer Art... Leuchtfeuer. Es is so anziehend, das kannst du dir nicht vorstellen und ich hab noch einen ganz schön langen Weg vor mir. Es wäre toll diesen nicht allein zu gehen." Micky grinste.

Riccardo grinste zurück "Okay, ich bin dabei. Vielleicht kann ich unseren Weg etwas abkürzen. Bist du bereit weiter zu fliegen?"

"Beherrschst du deine Kräfte denn schon? Wärs nicht besser du trainierst unterwegs?"

"Ach quatsch, mach dir keine Sorgen. Hat doch eben auch funktioniert. Wird schon schiefgehen." Ein weiteres Grinsen.

"Na gut, ich vertraue dir. Aber vorher trinken wir noch einen."

Micky erhob das, versehentlich aus dem Café gestohlene, Bier und sprach:

"Auf unsere Freundschaft!"

Sie hielten sich aneinander fest, Riccardo konzentrierte sich. Sie hoben langsam ab, "Siehst du? Ganz einfach", und flogen los.

Mission?

"Wie konntet ihr Idioten sie entkommen lassen? Seit ihr denn zu nichts zu gebrauchen?"

"W-wir haben alles versucht, doch sie sind einfach weggeflogen."

"Geflogen? Wohin?"

"W-wissen wir nicht."

"Nichtsnutze. Ich werde dem Boss Bescheid geben müssen, dass eines unserer Objekte geflohen ist und **IHR** tragt die Verantwortung. Ach und Kaminsky, Sie sind raus."

Mehrere Kilometer weiter oben

"Wow, daran könnte ich mich gewöhnen." Micky sah auf das Smartphone und nutzte das Internet um zu sehen ob der Luftraum frei war.

Plötzlich, dieses Flackern.

Flackern?

Direkt bei Micky. Ein Schauer durchfuhr den ganzen Körper.

"Du musst landen Riccardo." forderte Micky ihn panisch auf.

Ganz verdutzt darüber aber optimistisch erwiderte er: "Nein, ich muss uns noch über die Alpen bringen."

"Nein, du verstehst nicht. Deine Kräfte versagen, wir verlieren bereits an Höhe, merkst du das nicht?"

"Nein, wir sind gleich über die Alpen hinweg. Mach dich bereit wir steigen noch einmal auf."

Plötzlich merkte auch er, dass ihm seine Kraft langsam aber sicher verließ. Mit letzter Kraft stieg er mit Micky im Arm nach oben und kurz nachdem sie einen riesigen Berg passiert hatten entschloss er sich.

"Micky, ich kann nicht mehr stoppen. Es tut mir leid. Viel Glück."

Er sah einen See und ließ los.

Nicht mehr genügend Kraft um aufzusteigen, krachte er in vollem Sinkflug auf einen nahen Berg.

Und starb.

Alles drehte sich, Micky fiel unaufhaltsam, rollte sich, voller Todesangst und in Gedanken an Riccardo, zusammen.

PLATSCH

Warschau
Polen

Es klingelte das Telefon.
"Hallo?"
"....."
"Warum rufen sie auf dieser Nummer an? Ich sagte doch, dass das Telefon privat ist und ich heute nicht gestört werden möchte."
"....."
"So wichtig?"
"....."
"Heute noch?"
"....."
"Wie geflogen?"
"....."
"Ohne Flugzeug? Hubschrauber? Heißluftballon?"
"....."
"Wohin?"
"....."
"Na gut, ich gehe aber nicht allein. Ich erwarte den Piloten."
Cho Fak Yu beendete das Telefonat.
Er ging zu seinem Sohn und sagte: "Da du jetzt ein vollwertiger Samurai bist, kommst du mit mir auf eine wichtige Mission in die Alpen."

"Es ist mir eine Ehre Vater, aber was für eine Mission? Wieso in die Alpen?"

"Erkläre ich dir unterwegs. Der E-li wartet."

"E-li?" fragt Igor verwirrt.

"Ein elektrisch betriebener Hubschrauber, ein E-likopter."

Just in diesem Moment, landete der, fast wie ein Raumschiff mit Rotoren ausgestatte, Drehflügler. Der erzeugte Wind der Rotoren lies Igor fast vom Boden abheben.

Als dieses Wunderwerk der Technik endlich stand, klappten sich die Rotoren zusammen, um im Inneren zu verschwinden. Igor staunte nicht gering über die zwei enormen wabenförmigen Raketenschächte die nun gut erkennbar an den Seiten ragten. Unterhalb des Rumpfes befanden sich zwei Doppel-Gatlingeschütze, eins nach vorne ausgerichtet und eins nach hinten. Diese gewaltigen Geschütze übertrafen Igors Vorstellungen um einiges.

Bestehend aus Maschinengewehr und Kanone, konnte man damit sicherlich Geschosse von bis zu 40mm abfeuern. Es war eine einzige Vernichtungsmaschine und sah dazu noch verdammt cool aus.

Als sich die Schiebetür öffnete stieg Cho ein und zog Igor aus der Trance und mit sich hinein.

Alpen
Italien

"Ankunftszeit in 3 Stunden, wir geraten bald durch ein Unwetter, machen sie sich auf starke Turbulenzen gefasst und schnallen sie sich an!"
Während er sich vor lauter Unbehagen an seinem Schwert festhielt, es war schließlich sein erster Flug, sah Igor zu seinem Vater und fragte:
"Erzählst du mir jetzt warum wir in diesem E-li sitzen?"
Cho hielt kurz inne und antwortete mit ernster Stimme:
"Nein."
kurze Stille.
"Hab Geduld junger Samurai, alles zu seiner Zeit."
Der Pilot meisterte das Ungewitter mit Bravour und sie flogen durch strömenden Regen, welcher von tobenden Donner begleitet wurde.
"Machen Sie sich bereit für den Absprung!"
Igor blickte verdutzt zu Cho: "Absprung?!"
"Wir sitzen nicht unter Kirschblütenbäumen Igor, schnall deinen Fallschirm an und komm her!"
Die Bodenluke öffnete sich und berstender Sturm wehte den beiden entgegen.
"Absprung in 3...2...1...go! go! go!"

Cho sprang in die Tiefe, gefolgt von seinem ängstlichen, dennoch disziplinierten Sohn. Als sie nun auf einem Bergvorsprung zum Landen kamen, war Igor so überwältigt von seinem ersten Flug, dass er sich schwer auf den Beinen halten konnte.

"Das war sehr aufregend Vater, erzählst du mir nun was wir hier machen?"

"Nun gut Sohn, wir sind hier um nach dem geflohenen Patient X zu suchen und ihn zurück in das Labor zu bringen. Patient X ist ein Kranker, der untersucht werden muss. Weil die Krankheit sich auch aufs Gehirn auswirkt, ist er gefährlich, sei auf der Hut."

"Hat er keinen Namen und was für eine Krankheit?"

"Ich weiß nichts über die Krankheit, Patient X wird er genannt, weil er der zehnte von der Krankheit befallene Mensch ist."

"Wie finden wir ihn nun?"

"Wir beide suchen die Gegend ab, bis wir ihn gefunden haben. Wir haben den Hinweis, dass er irgendwo dort sein muss."

Cho zeigte auf eine Markierung auf der Karte, die eine entfernte Stelle des Berges kennzeichnete.

Sie gingen durch Höhlen die tief in den Berg und an verschiedenen Stellen wider hinaus führten.

Mehrere Stunden untersuchten sie den Berg mit seiner unbeschreiblichen Schönheit aus seltener Flora und Fauna, diese blieb allerdings von beiden gänzlich unbeachtet, da sie sich auf ihre Mission konzentrieren mussten. Die Luft war klar und frisch und erleichterte ihre Suche,

In einer kleinen Aussparung im Berg, lag die zertrümmerte Leiche eines Mannes.

Dessen kalte, leblose Augen starrten Igor an, als wollten sie ihm etwas sagen,

doch sie blieben stumm.

Wie is der hier her gekommen?

"Vater, ist das der verschollene Patient X?"

"Möglicherweise, ich werde meine Vorgesetzten kontaktieren."

Der Shogun zieht sein Handy aus der Hosentasche und wählt.

"Fuk Yu hier, ich vermute wir haben Patient X gefunden."

"......"

"Moment ich überprüfe das"

Cho untersuchte den leblosen Körper auf mehrere Einstichstellen am Arm und fand diese auch vor.

"Positiv, mehrere Einstichstellen und eine Tätowierung am Nacken vorgefunden."

"......"

"Ich werde den Leichnam mit dem E-likopter so schnell wie möglich zu Ihnen bringen lassen."

"......"

"Auf wiederhören."

"Vater, wir müssen herausfinden was mit ihm geschehen ist."

"Das ist nicht unsere Mission, ein Samurai hält sich immer an den Auftrag seines Herrn, das weißt du oder habe ich mich etwa getäuscht und du bist nicht bereit dafür ein Samurai zu sein?!"

Igor, sagte etwas beschämt: "Doch das weiß ich, entschuldige."

"Schon gut. Aber stelle keine Fragen auf die du die Antwort nicht hören solltest."

"Willst du nicht auch wissen, was mit ihm geschehen ist und wie er hierher kam."

"Wir werden unsere Mission nicht ausweiten mein junger Padawan."

"Hä?"...*ach egal*

Igor verkniff sich seine Widerworte und schluckte diese tief in sein Innerstes hinunter.

"Und jetzt, wer war dran und was hat er gesagt?"

"Mein Herr war dran und er befahl mir, den Leichnam zu ihm zu bringen."

"Was für ein Herr? Und warum folgst du überhaupt einem Herrn?"

"Ohne Herr ist ein Samurai nichts weiter als ein ehrloser Ronin. Merk dir das gut!"

"Und wer ist dein Herr?"

"Ehrlich gesagt, weiß ich nichts Genaues....

...Er ist überall präsent, er sieht alles, er hört alles, ihm entgeht nichts.

Für ihn sind unsere Leben, unsere Existenzen letztendlich belanglos und jederzeit ersetzbar.

Igor fragte mit neugieriger Besorgnis: "Wie mächtig ist er?"

Cho schoss plötzlich das Entsetzen in sein, nun kreidebleiches, Gesicht.

Die schlagartige Erkenntnis, dass er selbst nun sein eigenes Fleisch und Blut dieser Bedrohung ausgeliefert hatte, ließ ihn innerlich erschauern und sein Blut erkalten.

Er wendete sich von Igor ab.

"Diese Unterhaltung ist beendet."

Potsdam
Deutschland

Hendrik stand plötzlich wie benommen da und las einen Text vor seinem geistigen Auge.

Doch was für ein Text?

Stefan eilte an seinen erstarrten Freund heran: "Hey, was hast du ihm gesagt?"

Keine Antwort.

"HALLO, jemand da?"

Als Stefan ihn an der Schulter berührte, war er wie aufgetaut.

Ein kribbeln durchzog Hendrik und er erschauderte kurz.

"Das. War. Der Wahnsinn."

"Was is denn los mit dir?"

"Halt mich für verrückt. Aber...Aber ich war grad im Internet."

"Hä? Ohne Computer? Wie soll das gehen?"

"Weis nich, aber als du mich angefasst hast wars weg und jetzt gehts nich mehr."

"Vielleicht, hängt das irgendwie mit der Base zusammen."

"Möglich, ich glaub wir machen doch noch ein paar Tests mit mir."

"Gute Idee. Woher weißt du eigentlich, dass du im Internet warst?"

"Da war ne Internetseite über einen so genannten E-Likopter. Ein cooles Teil...eine regelrechte Vernichtungsmaschine."

"O...ok, erzähls mir auf dem Weg zum Labor."

Während Hendrik Stefan ausführlich und wild gestikulierend beschrieb was er gesehen hatte, rempelte ein vorbeieilender Student Hendrik an der Schulter und fiel krampfen zu Boden. Stefan, die Situation schnell analysierend, hob unmerklich seine linke zitternde Hand und just in diesem Moment verebbte der Anfall des jungen Mannes. Hendrik half ihm auf die Beine und direkt fing dieser wieder an zu krampfen.

"Hendrik! Fass ihn nicht mehr an!"

Hendrik machte einen Satz zurück und Panik breitete sich in ihm aus:

"Was ist bloß los mit mir?!"

"Keine Ahnung aber wir finden das heraus."

Als es dem Studenten nach ungefähr 30 Sekunden besser ging, halfen sie diesem sich langsam aufzurappeln.

Daraufhin rannten sie umgehend weiter Richtung Labor.

Dort angekommen gaben Stefan, der untypischerweise vergaß seinen Hut abzulegen und Hendrik, der immer noch schockiert über seine Tat war, unverzüglich je eine Probe ihres Blutes in eine Petrischale.

Beide beobachteten, durch das Mikroskop, in Erwartung einer Reaktion, das Blut. Schnell stellten sie fest, dass eine der Proben, beim Kontakt mit der Anderen, prompt die Struktur veränderte.

"Hendrik, hast du so etwas schon einmal gesehen? Dein Blut passt sich meinem an."

"Nein, aber wie geht das? Das ist vollkommen unmöglich."

"Keine Ahnung, schau mal genauer hin..."

Beide blickten mehrere Minuten durch das Mikroskop und gaben keinen Ton von sich.

Hendrik sagte kein Wort mehr.

"Hey Kollege, was ist mit dir? Beunruhigt dich etwas?"

"Stefan... " sprach Hendrik, nun doch, mit gefasster Stimme.

"... Ich habe gesehen was du meintest und ich kann mir nicht erklären was es mit dieser Reaktion auf sich hat. Dennoch habe ich eine Vermutung...

...

...Die Base."

Stefan grübelte kurz und fragte:

"Denkst du die Base könnte deine Zellstruktur so verändert haben, dass sie bei Kontakt mit fremden Zellen bestimmte Eigenschaften übernimmt?"

"Wenn ja, dann würde das bedeuten, sobald ich Kontakt mit jemandem habe dann entsteht eine Art Verbindung... Aber würde dann die Berührung allein ausreichen um...Hendrik hielt inne.

Verdammt Stefan du hast doch Epilepsie oder?"

"Ja, wieso fragst du?"

"Ich habe die Befürchtung den Anfall bei dem Studenten ausgelöst zu haben. "

Stefan sah ihn erwartungsvoll an.

"Ich hab folgende Theorie. Deine Epilepsie wurde durch mich auf den Studenten übertragen."

"Falsch...

... Ich denke es ist an der Zeit, dass du es erfährst."

Hendrik blickte verwirrt drein.

"Was erfahren? Jetzt sag mir bitte nich, du bist wirklich schwul. "

"Alter, nein!

Du liegst völlig falsch mit deiner Theorie, du hast nich meine Epilepsie weitergeben. Du hast meine Kräfte, zumindest, kurzfristig, absorbiert."

"**Häääää?!** Was für Kräfte, wo...wovon redest du?"

Er sah ihn mit reuigen Blick an.

"Lass es mich dir erklären. Ich habe dir was verschwiegen, es gibt nicht nur eine neue Base. Es gibt zwei.

Die zweite Base konnte ich bisher nur bei mir nachweisen. Ich nenne sie Rudomin. Desweiteren weiß ich schon seit längerer Zeit, dass ich Kräfte besitze, die über die eines normalen Menschen hinausgehen. Ich glaube, nein ich bin mir sicher, dass eine dieser Basen für meine Epilepsie verantwortlich ist und die Andere mir neurokinetische Kräfte verleiht."

"Neurowas? Verarschen kann ich mich allein wir sind hier nicht in einem Superheldenbuch."

"Was wenn doch?!

....
"

...."

"Äääähhhhhhhh...?"

"Ich verarsch dich nich, ich demonstriers jetzt nur ein einziges Mal, damit du mir glaubst."

Stefan richtet seine Hand leicht auf Hendrik und dieser fiel auf den Boden und krampfte wie ein Zitteraal.

Nach ein paar Sekunden verebbte der Anfall.

Mit wackeligen Knien und noch leicht benommen stand er auf, holte kurz aus und schlug Stefan mit einem Kinnhaken zu Boden, sodass es seinen Hut durch den Raum schleuderte.

Als sein Freund dem Boden immer näher kam, riet er ihm:

"Mach das nie wieder."

Sich den Kiefer, knackend, zurechtrückend erwiderte Stefan: "Glaubst du mir jetzt?"

Hendriks Antwort bestand nur aus einem einzigen Wort:

"Arschloch."

Anschließend holte er tief Luft um sich zu beruhigen und fragte nun eher besorgt als verärgert:

"Was bedeutet das jetzt für mich?"

"Ich bin der Meinung, dass du andere Kräfte adaptieren kannst."

Sein Kiefer knackte bei jeder Silbe.

"Du meinst wie ein Chamäleon sich der Farbe der Umgebung angleicht?"

Stefan konkretisierte:

"Nein, eher wie...

...Osmose. Ich vermute deine Fähigkeit macht deine Zellen semipermeabel für andere Kräfte. Ich schätze, dass du nur Kapazität für eine, möglicherweise sogar zwei Fähigkeiten hast, da dein menschlicher Körper das wohl nicht verkraften würde."

"Kann ich dann auch behindert werden?"

"Bist du doch schon. Reicht das- "

Kaum den Satz beendet schlug ihn Hendrik erneut zu Boden, verließ, brausend vor Wut, das Labor und schlug die Tür hinter sich zu, sodass es diese beinahe aus ihren Angeln hob.

Langsam sich erhebend knackte Stefans Kiefer, diesmal umso lauter, bei jeder Bewegung, bis er leise zu sich sagte: "Ich glaub das war zu viel."

Schwäbische Wildnis Deutschland

Schallendes Gelächter hallte durch die Höhlen, begleitet von immer wieder auftretendem Scheppern und gelegentlichem Klirren. Zwischen diesem ganzen Lärm, einem weit entfernten Wimmern gleich, ertönten seine verzweifelten Rufe.

Mit nicht zu erwarteter Präzision, flog das klobige Kochutensil schnurstracks auf Adrians Gesicht zu und verfehlte ihn nur knapp, da er sich in letzter Sekunde ducken konnte.

"Verdammte Scheiße! Das waren meine letzten 20 Euro." fluchte einer der Schergen.

"Dann halt das nächste Mal, du wirst schon treffen." erwiderte ein anderer.

"Hör auf mit deiner scheiß Schleimerei, du willst doch nur meine Kohle."

"Hört auf mich zu bewerfen ihr Idioten!" schrie Adrian.

"**Ruhe!!**" rief der Ping Kin laut.

Die gesamte Höhle verstummte.

"Herr Lenz..."

"... Polytetrafluorethylen-Man!"

"Wie auch immer, wenn Sie mir noch einmal ins Wort fallen, dann streichen wir Ihnen die Zigarettenzufuhr und lassen sie Qualvoll leiden." er grinste breit und präsentierte, wie schon oft zuvor, seine blankgeputzten und schimmernden Goldzähne.

"Sorry."

"Ich habe einen Auftrag für Sie. Hier ist eine Liste von dem Chemiker mit einigen Substanzen, mit denen Sie mächtiger werden können. Diese werden Sie sich beschaffen und wieder zurückkehren. Sie werden vollkommen auf sich allein gestellt sein."

Der Ping Kin näherte sich Adrian und flüsterte mit angsteinflößender Stimme. "Wenn Sie versuchen zu fliehen, dann finde ich Sie und mache eine verdammte Pfanne aus Ihnen. Haben sie mich verstanden?"

"Ja" antwortete Adrian starr vor Angst.

Er las die Liste sehr aufmerksam:

"Glasfaser - Verminderung des Kaltflusses, erhöhte Druck- und Verschleißfestigkeit

Bronze - ausgezeichnete Druckfähigkeit, erhöht Wärmeleitung und vermindert Kaltflussverhalten.

Graphit/Kohle - erhöht Druck-, Verschleißfestigkeit, sowie Härtegrad und Wärmeleitung

Calciumfluorid(Flussspat) - Linsenherstellung
Molybdänsulfid(Schmiermittel) - erhöht Steifigkeit
und Härte, reduziert Reibung.
Aluminiumoxid(Tonerde) - ausgezeichnete
elektrische Leitfähigkeit."
Ganz unten stand ein Name und eine Adresse in
fast unleserlicher Schrift.
Nach 5 Minuten versuchten entziffern glaubte er
der Name sei:

Mister D.
Telefonnummer: 0172 9921415
Adresse: Basinusallee 53, Albstadt 72458

Nachdem Adrian per Telefon mit Mister D. einen
Termin vereinbarte, machte er sich sofort auf den
Weg nach Albstadt.
In der dunklen Ferne sah er die hell erleuchtete
Stadt, dort wollte er sich hinbegeben um von dort
aus seinen Hehler zu treffen.
Also schlug er sich den ersten Tag durch die
schwäbische Wildnis, durch dichte Wälder, steile
Klippen und scheinbar unüberwindbare
Schluchten. Danach war Adrian körperlich am Ende
seiner Kräfte und war dabei alles aufzugeben.
Ich werde es niemals dorthin schaffen, oder es

überleben, Mitglied dieser Psychopathen zu sein.
Erstmal eine rauchen.
Er wollte sich eine Zigarette anzünden doch stellte entsetzt fest, dass ihm das Feuer fehlte.
Fanatisch suchte er seinen ganzen Körper ab doch realisierte schnell, dass da keins war.
Plötzlich sah er aus den Augenwinkeln ein flackerndes Licht, sprang auf und lief ihm entgegen.
Es war ein aus Holz gebautes Haus, dass langsam anfing zu verrotten, dennoch schien dort jemand zu leben, ewig weit von jeglicher Zivilisation entfernt. Das machte wenig Sinn und doch sah er, durch die teilweise zerbrochenen Fenster, wie immer mehr Kerzen von einer weiblichen, buckligen, dunklen Gestalt entzündet wurden. Adrian fürchtete sich, doch sein Drang nach dem verlockenden Tabak überwiegte jener Furcht. Er betrat die erste Stufe vor dem Eingang und klopfte vorsichtig.
Aus dem Haus rief es: "Knusper Knusper Knäuschen, wer klopfet an mein Häuschen?"
"Äh, der Wind, der Wind, das...
...himmlische Kind?" fragt er mit irritiertem Ausdruck.
Ein kurzes, quitschendes Gelächter ertönte und ließ Adrian einen Schauer über den Rücken fahren.

Die Tür öffnete sich knarzend und eine alte Dame stand im Türrahmen.

"Wie alt bist mein kleiner?"

"Zwanzig."

Schade zu alt und ledrig, ungenießbar.

"Komm herein Junge, möchtest du ein paar Lebkuchen?"

"Ansich gern, aber lieber wäre mir etwas Feuer."

"Bedien dich an einer Kerze, mein Sohn. Kann ich dir sonst irgendwie helfen?"

"Nun ja, also, ich müsste auf dem schnellsten Weg zum nächsten Bahnhof."

"Ich könnte einen Wischmop entbehren, nach dem ich ihn verzaubert habe bringt er dich dahin, wo du hin willst."

"Boah, echt? Wie geil ist das denn? Sind sie eine gute Fee oder sowas?"

"Ja sicher, nimm ihn, klemm ihn zwischen deine Beine und spring vom Dach. Ich spreche noch kurz meine magische Formel. Bibbedi babbedi buh."

Ganz begeistert und voller Hoffnung bestieg Adrian das Dach, holte tief Luft und sprang.

Er klatschte auf den Boden und nicht nur seine Begeisterung und Hoffnung, sondern auch seine Nase war gebrochen.

Erneut erklang das Lachen der alten Dame, denn sie rollte, vor lauter Freude, auf dem Boden hin und her.

"Jetzt hast du dir mein Auto redlich verdient, mein kleiner. Du bekommst es aber nur unter einer Bedingung, auf dem Rückweg bringst du mir 2 Kinder mit, einen Jungen und ein Mädchen, nicht älter als zehn Jahre."

"Wozu?"

"Ich hab so viele Lebkuchen gebacken, die kann ich nicht alle alleine essen."

"Warum gibst du mir nicht welche mit?"

Das wäre Verschwendung

"Du bist schon dick genug. Dicker Bauch." sagte sie, während sie zärtlich seinen Bauch tätschelte.

Er schien verwirrt, willigte dennoch ein:

"Ok...Ich bringe Ihnen die Kinder."

Daraufhin bekam er den Schlüssel für den, hinter dem Haus stehenden, Trabant.

Als er das Gefährt erblickte, war er ganz verdutzt.

"Und wo ist jetzt das Auto?"

"Du stehst davor."

"Wenn das ein Auto ist, bin ich ein Gangsterboss."

"Ok, wenn du lieber laufen möchtest?!"

"Gut, gut, ich nehme es, wie schnell kann es denn fahren?"

"100 km/h Spitze, bergab mit Rückenwind und auf Asphalt. Hier im Wald kommst du vielleicht auf 50."

"Immernoch besser als Laufen."

"Sei gut zu meinem alten Trabbi, er war ein Geschenk meines Mannes, eine seltene Luxusedition mit Dachfenster und feinster Lederausstattung." sprach sie mit trauriger Stimme und blickte gen Himmel, wie als würde sie sich an ihre alte Liebe erinnern.

Aus Höflichkeit fragte Adrian: "Wie war ihr Mann so?"

Ihre Augen erstrahlten einen kurzen Moment und sie erinnerte sich an die gute alte Zeit: "Er war ein Stasifunktionär, auf höchster Ebene. Es war eine schöne Zeit, weist du?"

"Nicht wirklich."

"Herrjemine, die jungen Leute von Heute lernen nichts mehr in der Schule"

Während der Fahrt fühlte er sich wie in der Zeit zurückversetzt. Die Innenausstattung war sporadisch in einem dezenten Ostrot gehalten. Er fühlte sich, wie in einer gemütlichen Sardinenbüchse. In dem offenen Handschuhfach befand sich das Portrait eines älteren Herren mit Hornbrille und Haarausfall, der mit Anzug und Krawatte sowie einem komplett neutralen Gesichtsausdruck Adrian anblickte. Darunter standen die Initialen E.H..

Da es ihn nervös machte drehte er das Bild herum und machte sich eine Zigarette an. Er suchte einen Aschenbecher, doch fand keinen, also entschied er sich vorläufig in das Handschuhfach zu aschen.

Ein Raucher muss tun was ein Raucher tun muss.

Das *Auto* ratterte, knirschte und rumpelte, dennoch schien es zu fahren.

Es war nicht Leicht sich mit dem *Auto* durch den Wald zu manövrieren, doch nach etwa 2 Stunden sah er ein Schild, das wage die richtige Richtung anzeigte.

Er fuhr noch einige Stunden weiter bis zu einem weiteren Schild auf dem stand: *Willkommen in Albstadt*.

Verloren

Alpen
Schweiz

Die Augen, öffneten sich langsam und schwer.
Jedes Körperteil war durchnässt
ächzt
und schmerzte. Noch stark benommen stellte
Micky fest:
*Scheiße. Hab ichs überlebt? Ich glaubs nich. Ohh,
doch. Ich glaub ich bin am Leben.*
Verzweiflung breitete sich in Micky aus, da die
Schmerzen zu stark waren, um sich auch nur ein
klein wenig bewegen zu können.

Es war unbeschreibliches Glück, ja es war beinahe
Schicksal, dass die Absturzstelle einen winzigen
Arm des Flusses Albula markierte. Von dort aus
trieb Mickys bewusstloser Körper zum nächsten
Ufer. Dort, geplagt von allen Erlebnissen der
letzten Tage, schleppte sich Micky zu einer
nahegelegenen Stelle, bis die Kräfte versiegten
und schlief anschließend zwei volle Tage allein
und verlassen, im Dickicht des Fichtenwaldes.

Albträume.

Abrupt erwachte Micky, öffnete schlagartig die Augen und versuchte aufzustehen, doch der Körper war, nach wie vor aufgrund der Strapazen, kraftlos. Es brauchte mehrere Versuche auf den Beinen zu bleiben und daraufhin zu erkennen inmitten eines riesigen, dunklen, Waldes gelandet zu sein. In der Nähe hörte man das sanfte Rauschen eines Flusses. Es war idyllisch und ruhig, Vögel zwitscherten, der Wind streifte lau durch das Dickicht, ganz im Gegensatz zu dem Sturm der sich in Mickys Kopf abspielte.

Langsam erinnere ich mich...Riccardo hat sich geopfert um mein Leben zu retten Sein Tod darf nicht umsonst gewesen sein.

Mit diesem Gedanken fasste sich Micky Mut und schleppte sich mühsam den Fluss entlang, jeder Schritt schmerzte, jeder Atemzug fiel schwer. Doch allmählich, nach einer gefühlten Ewigkeit, rückte das Ende des Waldes in Sicht. Daneben der Fluss, der in einen noch größeren mündete. In nicht allzu weiter Ferne ertönte ein bebendes Motorengeräusch.

Das muss ein großes Fahrzeug sein, das bedeutet irgendwo in der Nähe muss eine Stadt oder ein Dorf sein, dort muss ich hin. Ich setz mich erstmal kurz hin und genieße die Freiheit um mich herum um Kraft zu tanken. Wenn doch nur Riccardo hier wäre. Ahhhh, verdammte Scheiße!!! Er ist tot. Kon-konzentrier dich Micky. Wenn ich dem Fluss entlang folge, werde ich früher oder später jemanden finden, der mir helfen kann.

So ging es auf den Weg in Richtung Westen und nur kurze Zeit später zeigte sich ein kleines Dorf in unmittelbarer Ferne. Micky erblickte ein Schild mit der Aufschrift Tiefencastel, darunter eine Schweizer Flagge und war sich damit einer Sache bewusst.

Ich habe es bis in die Schweiz geschafft. Dass heisst, ich komme meinem Ziel näher.

Micky näherte sich dem ersten Haus in dem kleinen verschlafenen Dorf Tiefencastel und klopfte an die massive Holztür. Als sich die Tür öffnete, blickte Micky ein südländisch wirkender Mann, mittleren Alters, an und sprach, ohne genauer hinzusehen, in erhöhter Stimme:
"Grützerliii!"

Etwas erschreckt und überrascht über die Euphorie des Fremden, stammelte Micky ein leises:
"Hallo."

Der Südländer blickte Micky gleichermaßen verwundert, wegen der triefenden Klamotten und dem ramponierten Aussehen, an.

"Was bist du denn für einer und wie siehst du denn aus, wurdest du aus dem Himmel abgeworfen oder was?!"

Peinliche Stille

"Ja"

Noch mehr peinliche Stille.

"Naja, wie dem auch sei, was willst du?"

"Ein Handtuch"

"Na gut, aber du bleibst erstmal draußen"

Einige Minuten später öffnete sich die Tür um einiges vorsichtiger und ein Handtuch flog Micky, durch den Spalt, entgegen.

Kaum hatte Micky das Handtuch aufgefangen, schloss sich die Tür abrupt.

Nach dem Abtrocknen der Haare klingelte Micky erneut und wunderte sich wenig, dass sich die Tür nicht öffnete. Also rief Micky: "Bitte öffnen Sie Tür, ich brauche Hilfe!"

Just in diesem Moment rief eine Nachbarin:

"Halten sie die Klappe, ich versuche zu schlafen!"

Daraufhin öffnete sich die Tür und der Mann, grunzte wie in "MAD MAX FURY ROAD" und sagte: "Na gut, wenn's denn sein muss."

Nach einem kurzen Gespräch mit dem Mann, Urs war übrigens sein Name, leihte dieser Micky

Ersatzklamotten und kochte in der Zwischenzeit eine kleine Mahlzeit zur Stärkung.

Nachdem beide gegessen hatten, gerieten sie in eine ausführlichere Unterhaltung. Urs erzählte, dass seine Eltern aus Italien stammten.

"Cool, ich wohne am Fuße des Vesuvs mit meinen Eltern und der Ausgeburt die sich mich zwingen Bruder zu nennen."

"Ach das war deine Hütte am Vulkan, ich hatte nicht gedacht, dass jemand dort wohnt. Aber irgendwie episch."

"Durchaus episch, aber der Schnee bleibt nicht liegen. Woher kennst du unser Haus?"

"Bin dort mal gewandert."

...

Nach dem Gespräch erlaubte Urs Micky eine Nacht bei ihm zu schlafen

Am nächsten Morgen bot Urs an, Micky Richtung Norden, in seinem Auto, mitzunehmen, da er beruflich nach Konstanz musste.

Micky freute sich sehr über dieses Angebot und nahm es dankend an.

Potsdam
Deutschland

Stefan ging, wie jeden Tag zum Kellerlabor der Uni und erwartete Hendrik, wenn vielleicht noch etwas beleidigt, forschend vorzufinden. Doch die Eingangstür war noch verschlossen. Im Labor auch keine Spur von ihm, er hatte die Angewohnheit seinen Mantel nicht aufzuhängen sondern an die innere Türklinken zu hängen doch auch davon keine Spur.

Stefan versuchte Hendrik anzurufen, doch sein Handy schien ausgeschaltet. Merkwürdig.

Er hat sein Handy niemals aus.

Wo isser bloß?

Stefan dachte nach. Er kramte in seinen Erinnerungen und ihm fiel plötzlich das Gespräch zwischen ihm und Hendrik über dessen Vision ein. Dabei erwähnte er eine Messe...*hm wie hieß die nochmal?*

Öko...Ökotransport...neee...Ökotransporttech....nee e auch nich....Messe für Techoctotransport....verdammt nochmal, wie hieß die?

Aha! Jetzt weiß ichs! Transökotech....scheiße doch nicht!

124

"Weniger denken" hörte er Kathys Stimme in seinem Kopf widerhallen.

Ach Kathy, du weißt immer genau was ich brauche. Wenn ich zurück komme dann werde ich dir dafür danken.

... Ökotech-Transportmesse! Das ist es!"

Nuuk
Grönland

Igor beobachtete wie die Leiche, von zwei Leuten in Schutzanzügen, schändlich in einen Leichensack gestopft wurde und dieser, nun gefüllt mit totem Fleisch, wüst in einen Lieferwagen geworfen und abtransportiert wurde. Die eisige Kälte die der Dämmerung innewohnte, kroch ihm in die Glieder und ließ ihn erschauern. Jenes Gefühl vertiefte sich durch diesen grausigen Anblick.

Er spürte keinen Bezug zu dem Leichnam, dennoch schockierte ihn wie respektlos mit diesem Körper umgegangen wurde. Da es Igor in seinem Leben gewöhnt war, dass der Mensch auch nach dem Tod mit Ehre und Respekt zu behandeln werden sollte, konnte er nicht so recht verstehen wie es sein kann, dass man den Leichnam des Patienten regelrecht wie Abfall entsorgte. Er fühlte sich wie in einer fremden, verdrehten Welt und weigerte sich vorzustellen, wie weiter mit dem Körper verfahren werden sollte.

Der Shogun ging mit seinem Sohn, im Schlepptau, in das riesige Bürogebäude. Die angenehme

Wärme des riesigen Foyers ließ ihn kurz erzittern um die Kälte aus seinem Körper zu vertreiben.

Igors Augen wanderten durch den hochwertig eingerichteten Saal, rechts von ihm prangte ein ellenlanger Empfang an dem zwei bildhübsche Damen für das Wohl der Besucher zuständig waren. Gegenüber des Eingangs, am hinteren Ende, befanden sich mehrere, zum erholen und entspannen einladende Sofainsel. Darüber einige Kunstwerke unter anderem von Monet und Peter Kossock. In den Ecken jeweils zwei Vasen gefüllt mit exotischen Blumen die dem Foyer einen wohltuenden, dezent süßlichen Duft verliehen.

Der Shogun ging zum Empfang und sprach mit einer der Damen: "Fak Yu, er erwartet mich."

Die Dame drückte einen Knopf, signalisierte Cho sich zu dem rechten Aufzug zu begeben und widmete sich wieder ihrem Intercom.

Cho und Igor gingen in Richtung der linken Seite des Raumes und standen nun vor zwei massiven Aufzügen von denen einer unmittelbar auf glitt. Nun stiegen sie ein, bereit für den Meister.

Automatisch fuhr der Aufzug los:

"01. Stock"

"02. Stock"

"03. Stock"

"04. Stock"

Der Aufzug hielt, die Türen öffneten sich und eine Flatulenzen-Selbsthilfegruppe, die an akutem Keuchhusten litt, trat ein.

"05. Stock" *Pfft*

"06. Stock" *Keeuuch*

"07. Stock" *Pfft*

"08. Stock" *Keeuuch*

"09. Stock" *Pfft*

"10. Stock" *Keeuuch*

"11. Stock" *Pfft*

"12. Stock" *Keeuuch*

"13. Stock" *Keeuuch*

"14. Stock" *Ppfffffttttt* *Scheiße da war Land mit dabei*

Die fremde Gruppe stieg aus.

"15. Stock"

Die automatische Lüftung aktivierte sich und reinigte die Luft.

Igor und sein Vater atmeten nun erleichtert tief aus.

"16. Stock"

"17. Stock"

"18. Stock"

"19. Stock"

"20. Stock"

Igor bemerkte während der Fahrt eine leise, immer düsterer werdende Melodie. Die unheimliche Stimmung intensivierte sich noch mehr durch die ungleichmäßig flackernden Glühbirnen an der Decke.

"21. Stock"

"22. Stock"

"23. Stock"

"24. Stock"

"25. Stock"

"26. Stock"

"27. Stock"

"28. Stock"

"29. Stock"

Auf der Leiste auf der sich die Knöpfe zu den einzelnen Stockwerken befanden, leuchtete der Letzte auf.

"30. Stock"

130

Wie zu erwarteten hielt der Aufzug inne und Igor machte sich bereit den Aufzug zu verlassen. Doch die Tür öffnete sich nicht.

Ein polterndes Geratter ertönte. Igor zuckte vor Schreck zusammen und sah zu seinem Vater, der vollkommen unbeeindruckt nach vorne blickte, dann spürte Igor wie sich der Aufzug nach rechts bewegte. Es wirkte als würde er auf Schienen rutschen.

Erneutes Innehalten.

Der Aufzug fuhr wieder los, nach oben.

Eine Stimme sprach aus dem Lautsprecher: "Etage DX"

"Wir sind da mein Sohn, verhalte dich ruhig und lass mich reden."

Igor bestätigte mit einem leichten Nicken.

Als sie ausstiegen, traten sie in einen finsteren Flur an dessen Ende eine riesige, mit Weißgold verzierte Tür prangte. Die Temperatur war weit kälter als vor dem Eintritt in das Gebäude.

Igor fror.

Cho nicht.

Sie näherten sich der Tür als diese langsam aufschwang. Der Anblick ließ beide erstarren.

Igor blieb vor der Schwelle stehen.

Cho, nun wieder gefasst, betrat den Raum, kniete nieder und legte sein Samuraischwert auf die nun nach oben gerichteten Handflächen um es seinem Herren darzubieten.

Dieser kam Cho mit erhabenen Schritten näher.

Und näher.

Und näher.

Und näher.

Er sah an Cho vorbei, direkt in Igors Augen.

Seine alles Licht verschlingenden schwarzen Augen, umrandet von nichts als weiß, starrten ihn an und durchdrangen ihn mit Schrecken. Igor durchfuhr ein eiskalter Schauer, der ihn nicht mehr loszulassen drohte. Sein Verstand raste, unkontrollierbar umher. Er verlor das Gleichgewicht und schwankte. Bevor er zu Boden fiel, riss Cho ihn in die Realität zurück. "Komm zu dir, mein Junge!"

Er fing sich und schüttelte sich kurz.

"Du weißt genau, dass du niemanden mitbringen darfst! Für diesen Frevel wirst du deinen Sohn töten! Sofort!"

"Das könnt Ihr nicht von mir verlangen. Ich bitte euch verzeiht mir!"

"Ich kann nicht und ich werde auch nicht!"

"Gebieter, ich flehe Euch an"

Er diente ihm Jahrzehntelang treu und noch nie hatte er so etwas von ihm verlangt. Einen

Menschen umzubringen den er über alles liebte. Tränen sammelten sich in seinen Augen. Er musste sich entscheiden. Seine re. Hand umklammerte seinen Schwertgriff um jeden Angriff auf sich und seinen Sohn zu verteidigen.

Er stand auf, kampfbereit. Doch just in diesem Moment verschwanden Cho's Gefühle vollständig und seine Augen wurden glasig. Er drehte sich zu Igor und schwang sein Schwert.

Igor verstand nicht, fragte ihn entsetzt:

"Was tust du Vater? Lass uns fliehen."

Er griff an, Igor wich automatisch nach rechts aus, wurde dennoch an der linken Schulter verwundet.

Wie kann er nur...was ist mit ihm passiert?

Nun mit seiner eigenen Klinge bewaffnet, parierte er Schlag um Schlag seines Gegenübers.

Weniger denken.

Weiterhin emotionslos, schlug er mit unbändiger Kraft auf Igor ein, der krampfhaft nach einer Angriffslücke suchte um seinen Vater außer Gefecht zu setzen. Mit seinen letzten Luftreserven beschwor er Cho: "Vater!! Lass ab von dem Wahnsinn"

Wie taub ignorierte er die Worte seines einzigen Sohnes und trieb ihn immer weiter zurück. Nutzte jede Schwäche die er finden konnte.

Noch weniger denken.

Ihm blieb keine Zeit mehr. Er musste gewinnen. Für seinen Vater. Für die Ehre der Samurai. Er musste überleben.

Cho schlug weiter tollwütig auf Igor ein, dieser nutzte dessen eigene Wucht. Er ließ Chos Klinge von der seinen abgleiten, sammelte all seine Kraft, seinen Überlebenswillen und drehte sich entgegen. Während dieser Bewegung und mit all seiner Überwindung, kurz davor doch noch aufzugeben, schlitzte er Chos Torso in zwei Hälften. Chos lebloser, blutender Körper klatschte links und rechts von Igor zu Boden. Er stand nun zitternd, verwundet, schweißgebadet und wie benommen in einem Meer aus Blut.

Als Igor wieder zur Besinnung kam, kaum begreifend was geschah, ergriff er die Flucht. Er rannte, rannte zum einzigen Ausgang den er kannte. Zum Aufzug.

Dieser öffnete sich unerwartet und schloss sich wieder als Igor eintrat.

"Soll ich ihn nicht verfolgen lassen, Boss?" erklang eine weibliche Stimme, aus den Schatten.

"Nein. Der spaßige Teil fängt doch jetzt erst an. Ich will ihn leiden sehen. Kümmer dich darum, dass hier sauber gemacht wird."

UND
JETZT?

Ca. 1500 Meter über der Erdoberfläche Luftraum Stuttgart

Das Rattern der tosenden Turbinen, gepaart mit dem ohrenbetäubenden Lärm des Sturmes, gab ihr das Gefühl, dem Weltuntergang Stück für Stück näher zu kommen. Sie blickte durch das kleine Fenster und sah nichts weiter als ein wütendes Inferno und glaubte ein schemenhaftes Objekt, welches einem Helikopter glich, vorbeihuschen zu sehen. Sie schüttelte ihren Kopf und besinnte sich.

Ich glaub ich verliere den Verstand wenn ich noch länger in diesem Flieger sitze.

"Wann sind wir endlich da Jaques?" fragte Sie angespannt.

"Un moment, ma Chérie, wir sollten bald da sein."

Sie zweifelte im Moment mehr denn je ob Sie die richtige Entscheidung getroffen hatte.

"Sehr geehrte Fluggäste, wir beginnen nun den Landeanflug auf Stuttgart, bitte bringen sie ihre Sitze in eine aufrechte Position und klappen sie die Tische hoch. Das Wetter in Stuttgart ist aktuell leicht bewölkt, bei 22°C

Vielen Dank für ihr Vertrauen in meine Crew und die Möwenhansa. Wir wünschen ihnen noch einen angenehmen Aufenthalt, schnallen Sie sich bitte erst ab, sobald die Anschnallzeichen erloschen sind."

Einige Minuten später, nach umfassendem Gedränge im Flugzeug, betrat Tina nun erstmals deutschen Boden. Ein mulmiges Gefühl machte sich in ihr breit, so wie es in einer völlig neuen Umgebung nunmal entstand.

Jaques erkannte sofort ihr Unbehagen und versuchte sie zu beruhigen:

"Mach dir keine Sorgen, Chérie, es wird dir ier gefallen", sagte er.

Der Versuch scheiterte.

"Keine Sorgen soll ich mir machen?! Dabei bin ich tausende Kilometer von Zuhause entfernt und bei der Reise in diesem Papierflieger hätte ich fast alle meine Nerven verloren. Ich hoffe du hast dich wenigstens vorbereitet wie es jetzt weitergeht."

"Natürlich Chér-"

"Spar dir dein blödes Chérie" unterbrach Sie ihn wütend.

"Bring uns hier weg damit ich zur Entspannung backen kann." forderte sie.

"Das mach ich, verzeih ma-" unterbrach er.

Ein schwarzer Mercedes fuhr vor, aus dem ein älterer Herr in Anzug und Krawatte stieg. Er begrüßte Jaques herzlich, gab Tina die Hand und fing an das Gepäck der beiden in den Kofferraum zu räumen. Jaques öffnete Tina die Tür zum hinteren Teil des Fahrzeugs und bittete sie Platz zu nehmen, danach stieg er dazu. Der

Fahrer schloß die Heckklappe, setzte sich vor das Steuer und ohne ein weiteres Wort zu verlieren fuhr er los.

"Ich offe der Anblick dieses Établissements wird deine Stimmung eben." sagte er.

Keine Antwort.

Still ging die Reise bis zum Ankunftsort weiter. Der Wagen hielt vor einem großen Gebäude, in dem sich auf zweiter Ebene ein leerstehendes Lokal befand. Alles schien renoviert zu sein aber von außen ließ sich das nur teilweise erkennen.

"Wir sind da Chef." sagte der Fahrer in freundlichem Ton.

"Merci, mon frère." erwiderte Jaques.

"Hol uns in 2 Stunden wieder hier ab s'il vous plait, dann kann ich meiner Schönheit hier alles in Ruhe zeigen." Er sah dabei verführerisch zu Tina herüber.

"Das werde ich." sagte der Fahrer und zwinkerte Tina mit charmantem Blick zu.

Beide stiegen aus dem Wagen und gingen mitsamt Gepäck in Richtung Eingang. Jaques öffnete ihr die Tür und sie traten in eine altmodisch aber stilvoll eingerichtete Eingangshalle, von der aus sich schon der Eingang zum Lokal erkennen ließ.

"Ist es das?" fragte Tina, während sie nach oben auf die zwei großen Glastüren zeigt.

"Ja, das ist es, unser neuer Arbeitsplatz und deine kreative Werkstatt."

Sichtlich angetan von der charmanten Bemerkung zu ihrer Kreativität, schmunzelte Tina leicht und lief langsam die Treppe herauf, um ihre Reaktion vor Jaques zu verbergen.

Sie ging durch die Glastüren und vor ihr sah sie einen lichtdurchfluteten Raum mit mehreren kleinen Tischen und einem großen Festtagstisch.

Der ganze Raum war elegant mit schönen Lampen und Pflanzen dekoriert, die mit Sicherheit Abends eine gemütliche Stimmung versprechen. Zu ihrer linken erstreckte sich eine lange Bartheke mit großer Marmorplatte als Auflage, davor schlichte aber edle Barhocker überzogen mit schwarzem Leder. Zwei der vier Wände bestanden aus bodentiefen Fenstern und boten Aussicht auf die Innenstadt und den anmutigen Schlosspark.

Seit dem sie von Zuhause weg war, hatte sie sich nicht mehr so wohl gefühlt wie in diesem Augenblick. Doch umgehend kam ihr der Gedanke:

Bestimmt 80 Leute passen hier herein, ob ich wohl meine Fähigkeit so gut nutzen kann, dass alle etwas davon haben werden? Was wenn ich versage?

Erneut mit seinem äußerst feinen Gespür trat Jaques neben sie und fragte:

"Na abe ich zu viel Versprochen? Du kannst dir sicher sein, ier wirst du es gut haben mit mir als Chef."

Stille.

"Ich verlasse mich auf dich Jaques. Das hier ist sehr viel auf einmal für mich und es wird eine Weile dauern bis ich mich eingelebt habe." antwortete Tina.

"Das dachte ich mir schon, sieh dich einfach noch eine petite Weile um und wenn du soweit bist, zeige ich dir ein wenig die Stadt. Hans wird uns nachher wieder ier ab olen." sagte Jaques.

"Der Fahrer heißt Hans? Das ist ja wohl der deutscheste Name überhaupt." reagierte sie voreingenommen.

"Ja, sein voller Name ist Hans Groß. Ich kenne ihn bereits seit vielen Jahren und er ist mir seither ein treuer Begleiter." antwortete Jaques.

"Also ich kenne keine Deutschen und der erste den ich treffe heißt Hans…

Sie dachte lange nach.

… Kennst du noch mehr Leute die Hans heißen?" fragte sie neugierig.

Jaques überlegte kurz was er darauf antworten sollte. Er entschied sich für ein wohlmeinendes Lächeln.

Sie merkte gar nicht, dass ihre Frage unbeantwortet blieb.

"Ich glaub ich hab hier erstmal genug gesehen. Also wo gehen wir jetzt hin?" fragte Tina.

"Lass mich dir mal die région hier zeigen." schlug er vor.

"Verzeih, ich habe nicht ganz verstanden. Was möchtest du mir zeigen?" fragte Tina.

"Weniger denken. Lass mich dich entführen chérie." sagte er und nahm ihre Hand.

Schwäbische Wildnis Deutschland

Eine trostlose Stadt zeigte sich Adrian, ein guter Ort für einen berüchtigten Hehler, es war hier so langweilig und öde, kaum jemand würde hier etwas Kriminelles auch nur vermuten. In den kleinen Straßen machte der Trabant einen ohrenbetäubenden Lärm, während er sich die immensen 20 Grad Steigungen hinauf kämpfte. Als er plötzlich und unerwartet einen einsamen alten Dorfbewohner sichtete, fuhr er diesem hinterher und passte ihn, eine Straße weiter, ab.

Scheiße, das Fenster klemmt.

Naja, dann halt das Dachfenster.

Er stieg empor, streckte seinen Kopf hinaus und fragte:

"Entschuldigen Sie, wissen Sie zufällig wo sich hier die Basinusallee 53 befindet?"

Der Dorfbewohner starrte Adrian erst kurz an und erwiderte:

"Das is aber ne ganz miese Gegend mein Junge, wenn ich du wäre würde ich einen großen Bogen um diese Allee machen."

"Ich komme schon klar mit etwas Gesindel und schlechten Manieren."

"Nun gut, du wirst wissen worauf du dich einlässt. Du kannst sie nicht verfehlen. Fahr zum Bahnhof und halt Ausschau nach einem heruntergekommen Imbiss namens *Harrys fahrende Würstchen*, von dort aus links halten und Du bist da.

"Herzlichen Dank, Zigarette?"

"Sehr gern."

Beide zündeten sich ihre Glimmstengel an und unterhielten sich für eine kurze Zeit. Er erfuhr, dass Olaf schon sein ganzes Leben hier wohnt und noch nie woanders war. Er sich aber auch keinen anderen Ort zum Altwerden vorstellen könnte.

Adrian fuhr weiter, Richtung Bahnhof.

Dort angekommen sah er sofort den verkommenen Imbiss, der auf vier Platten Reifen stand. Darüber ein vermodertes Schild auf dem man gerade so den Namen Harry entziffern konnte.

Von dort aus hielt sich Adrian links und blickte einer düsteren Allee entgegen. Plötzlich klapperte es aus dem Motorraum und das *Auto* blieb liegen, der Wagen lies sich nun auch nicht mehr starten.

Na toll, die alte Dame wird am Boden zerstört sein.
Vielleicht gibts hier ja irgendwo einen Bastelladen.
Zu Fuß suchte Adrian nach der Hausnummer 53.

Er stand nun vor einer unscheinbaren Garage, zu der die Nummer passte und klopfte vorsichtig an das gusseiserne Tor.

Es geschah...

... nichts.

Er klopfte erneut.

Wieder nichts.

Er klopfte erneut.

Plötzlich hörte er quietschende Reifen, die sich auf der anderen Seite des Tores hörbar beschleunigten.

Das Tor schepperte, als wäre jemand sehr schnell dagegen gekracht.

Langsam öffnete sich die Garage und Adrian erblickte einen gebrechlichen Mann im Rollstuhl, nicht älter als sechzig.

"Was wollen sie hier? Sind sie der Frühling?"

"Hä?"

"Sie lesen nicht viele Gedichte, was?"

"Nein."

"Mein Name ist Lenz"

"Was sie nicht sagen." erwiderte er zynisch.

Sein langer ungepflegter Bart, noch mit Resten seiner letzten Mahlzeit verwoben, war für Adrian so markant, dass er nichts anderes mehr wahrnahm.

Es gab nur noch den Bart.

"Mein Name ist Detlev Waldemar Dombrowsko, ich bin sehr interessiert an allem und Singe im Zollerlandchor. Hab ich schon erwähnt, dass ich so ziemlich alles weiß, über so ziemlich alles?"

"Nein, das hatten sie nicht erwähnt, aber danke für die Information. Warum ich hier bin-"

"Gut, gut, ja, ja, dann kommen wir zum Geschäftlichen. Ihre Ware ist bereits da, aber was wollen sie denn bitte mit solchem Zeug?"

"Lange Geschichte, geben sie mir einfach das Paket."

Herr D. rollte zu einem kleinen Lagerraum und verschwand dort für einige Minuten, bis er endlich mit einem kleinen Päckchen im Arm zurückkam. Der Bart lag auf dem Päckchen und verschmierte dadurch alles mit den undefinierbaren Substanzen die Eins mit dem Bart waren.

Er nahm das kleine Päckchen und Adrian musste entsetzt feststellen wie auch noch Stückchen der letzten Mahlzeit auf dem Päckchen kleben blieben. Er wollte es am liebsten mit seiner Zigarette verbrennen.

Nichts desto trotz musste er das Paket jetzt in diesem Zustand zurückbringen. Er machte sich so schnell wie möglich auf den Weg und floh regelrecht aus der Garage.

Das Tor schloss sich wieder und Adrian hörte nur noch das Krachen eines außer Kontrolle geratenen Rollstuhls.

Adrian musste entsetzt feststellen, dass während er sich in der Garage mit Herr D. beschäftigte der Trabant bis aufs letzte auseinandergenommen wurde und nur noch das pure Gehäuse übrig geblieben war.

Na soviel dazu, dann muss ich mir eben ein neues Gefährt suchen.

Adrian ging auf einen nahegelegenen Parkplatz und suchte sich das erstbeste, nicht abgeschlossene Auto was er fand. Er fuhr los in Richtung Bergwerk, stattete aber noch dazwischen der alten Dame einen Besuch ab um ihr zu erzählen das der Trabant weg war und musste noch erklären warum er nicht, wie vereinbart die zwei Kinder bei sich hatte.

Sie war außer sich vor Wut.

"Ich hab keine Kinder gefunden, aber es werden doch sicher irgendwann ein paar Pfadfinder hier vorbeikommen."

Nach dem kurzen Abstecher fuhr er den restlichen Weg Richtung Mine.

Kiel
Deutschland

Am selben Abend trat er vor die gewaltige Messehalle und las auf einem entsprechend großen Schild:

Das Mitführen von Waffen, Werkzeug, Tieren sowie Speisen und Getränken ist unter Strafe verboten. (Aufgrund vorangegangener, mutwilliger Technikmanipulation)

Aus dem Augenwinkel heraus, sah er einen torkelnden jungen Mann (Ein paar Jahre jünger als er selbst) neben sich herantreten, welcher ebenfalls das Schild las.

Mit mangelnden Deutschkenntnissen sprach er, offensichtlich ein volltrunkener Halbasiat:

"Son Scheie, wohin jetzt mim meine sch.. Sch.. wert?"

Verwundert sah er ihn an, ignorierte den beißenden Gestank seines Atems und war froh dass solch Gesindel nicht hereingelassen wird.

In der Halle angekommen, staunte Stefan nicht schlecht bei dem Anblick des hochmodernen elektrisch betriebenen Hubschraubers, den sogenannten E-Likopter.

Plötzlich stieg ihm dieser widerwärtige Gestank erneut in die Nase und mit polnisch verzerrtem Lallen schien jemand, von seiner rechten Seite aus, mit ihm zu sprechen.

"'sch bin schon in son ding mit flogen, war ruggelig. "

"Sicher. Und ich bin der Kaiser von Japan. "

"Ehrlsch? Boah."

Schwankend verneigte er sich, wodurch er beinahe mit dem Gesicht voran, auf den Boden knallte, und fügte hinzu: "Ich schör euch treue fü immr. Mein Herr."

"Wie bist du überhaupt hier reingekommen?"

"bin einfach reinlaufn."

In diesem Moment packten ihn zwei stämmige Sicherheitsmänner unter den Armen und schleiften ihn zum Ausgang.

Er rief noch irgendwas unverständliches hinterher. Stefan dachte er habe das Wort Herr gehört, aber ging nicht weiter dem Gedanken nach sondern konzentrierte sich auf die Suche nach seinem verschollenen Freund.

"..."

"Dr. Skiá hier."

"..."

"Zielperson ist in Gewahrsam und kann abgeholt werden."

"..."

"Die Stadt wurde gesichtet, er hat den Ursprung entdeckt."

"..."

"Ok, ich bleibe an ihm dran und leite Phase 2 ein.

Noah beendete das Gespräch und atmete erleichtert aus.

Epilog(2026)

Er hörte auf zu erzählen.

"Das reicht für heute, die Stunde ist fast rum. Ich hoffe es hat euch gefallen und ihr konntet schon etwas lernen. Ich möchte, dass ihr euch noch etwas mehr versucht in die Figuren einzufühlen und ihr bekommt eine kleine Aufgabe von mir."

Die Klasse seufzt.

"Jeder von euch wird Zuhause ein paar Zeilen zu diesem ersten Teil schreiben und mir am Anfang der nächsten Stunde, unaufgefordert, aushändigen. Ihr könnt schreiben was euch gefallen hat, was ihr blöd fandet, einfach was euch dazu einfällt. Ich freue mich schon darauf eure Hausarbeiten lesen zu dürfen. Ich werde in den nächsten Unterrichtsstunden weitere Geschichten erzählen."

Krling, krling, krling

Die Klasse ist sich unsicher aufzustehen und zögert.

"Danke für eure Aufmerksamkeit. Schönes Wochenende."

Er beendete den Unterricht.

Danksagung

Wir bedanken uns zuallererst bei unseren bezaubernden Frauen, die uns in jeder freien Minute unterstützten, danke Ronja und Bobana.

Außerdem geht ein großes Danke an Janina Murr, der wir die tollen Zeichnungen zu verdanken haben.

Wir danken Barbara Hagedorn, die uns als Lektorin zur Seite stand.

Zu guter Letzt danken wir uns noch gegenseitig, für die tollen Ideen, den Spaß beim Schreiben und die Geduld gegenüber dem jeweils anderen.

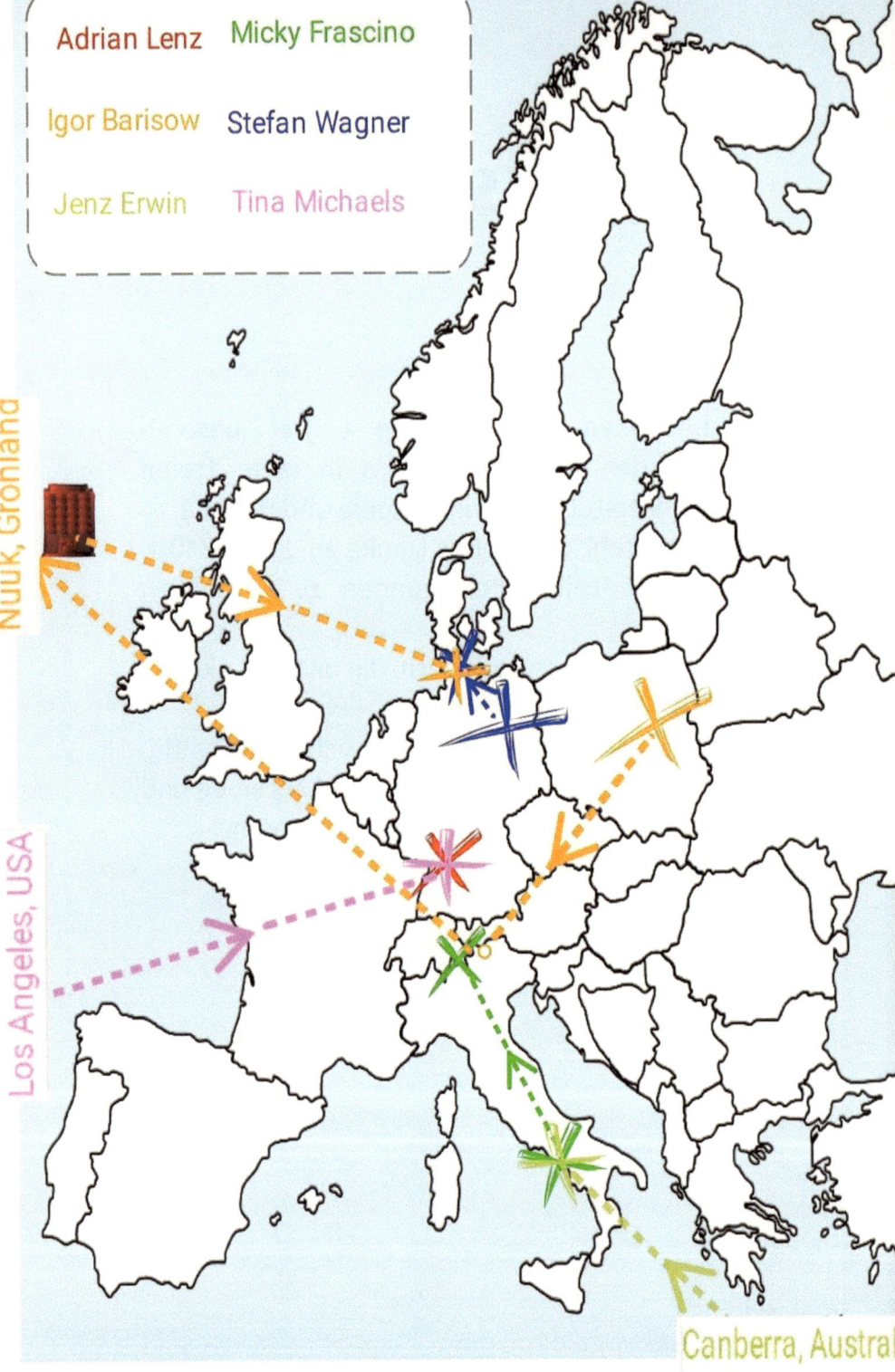

Nuuk, Grönland

Los Angeles, USA

Canberra, Austral